中华先锋人物
故事汇

蓝天野

小舞台，大情怀

LAN TIANYE
XIAO WUTAI, DA QINGHUAI

周　敏　著

图书在版编目（CIP）数据

蓝天野：小舞台，大情怀／周敏著.—南宁：接力出版社；北京：党建读物出版社，2024.4
（中华人物故事汇．中华先锋人物故事汇）
ISBN 978-7-5448-8517-1

Ⅰ.①蓝… Ⅱ.①周… Ⅲ.①传记小说－中国－当代 Ⅳ.①I247.5

中国国家版本馆CIP数据核字(2024)第056962号

蓝天野——小舞台，大情怀
周　敏　著

责任编辑：	楚亚男　刘　靖
责任校对：	李姝依　高　雅
装帧设计：	严　冬　　美术编辑：严　冬
出版发行：	党建读物出版社　接力出版社
地　　址：	北京市西城区西长安街80号东楼（邮编：100815）
	广西南宁市园湖南路9号（邮编：530022）
网　　址：	http://www.djcb71.com　　http://www.jielibj.com
电　　话：	010-65547970/7621
经　　销：	新华书店
印　　刷：	北京科信印刷有限公司

2024年4月第1版　　2024年4月第1次印刷
787毫米×1092毫米　32开本　4.75印张　70千字
印数：00 001—10 000册　定价：25.00元

版权所有　侵权必究

质量服务承诺：如发现缺页、错页、倒装等印装质量问题，可直接联系本社调换。
服务电话：010-65545440

目录

写给小读者的话 ……………… 1

母亲带我去看戏 ……………… 1

从听书到逛庙会 ……………… 5

地下交通员 …………………… 11

演了一个"红鼻子" …………… 17

结识良师焦菊隐 ……………… 21

给自己起名字 ………………… 27

表训班里"取真经" …………… 33

深入人心的经典形象 ………… 39

演艺生涯的一次突破 ………… 47

一事无成的"公子哥儿"·········51

成为一名导演·········55

独立指导的第一部戏·········59

"铁汉柔情"的草原霸主·········65

八一班里"明星"多·········71

"再来一遍！"·········77

不一样的历史故事·········87

第一部荒诞剧·········95

挑选演员绝不凑合·········101

仙风道骨的荧屏经典·········109

八十四岁的新角色·········117

钟情于绘画·········123

为了"一甲子"的纪念·········129

用生命诠释"戏比天大"·········137

写给小读者的话

在国家大剧院见到蓝天野老师,他脚步稳健,儒雅端庄,深厚的文化积淀与舞台荣耀交织,德艺双馨,他以七十多年的艺术生涯,为我们树立了人生榜样。

在人民大会堂见到蓝天野老师,他微笑从容,神采奕奕,一生的艺术追求与"七一勋章"一起熠熠生辉,他以九十四岁高龄获此殊荣,更是演艺界的唯一代表。

作为我国著名表演艺术家,作为北京人民艺术剧院德高望重的前辈,蓝天野见证了新中国话剧事业的蓬勃发展。可是,他的经历并不仅限于此。

蓝天野演绎着自己人生的传奇与精彩。

他是一名革命战士。

蓝天野的家曾是中国共产党的地下联络点。在三姐石梅的影响下，他开始参加革命工作，成了一名北平地下党交通员，冒着生命危险印制传单，凭着智慧传送情报，以一种革命者应有的大无畏精神，胆大、心细、从容地持续开展地下工作，并光荣加入中国共产党。

他是一名演员。

作为北京人民艺术剧院的第一批演员，他扮演过老舍作品《茶馆》中的秦仲义，曹禺作品《北京人》中的曾文清、《王昭君》中的呼韩邪单于，郭沫若作品《蔡文姬》中的董祀，巴金作品《家》中的冯乐山等，在七十余部话剧中塑造了众多经典的艺术形象，成为话剧观众的永恒记忆。他还饰演过《封神榜》中仙风道骨的姜子牙、《渴望》中温文尔雅的王子涛、《末代皇帝》中的溥仪的父亲载沣等，在十余部影视剧中担任的角色家喻户晓，塑造了深入人心、广受赞誉的经典形象。蓝天野扎根舞台，以"只有小演员，没有小角色"的创作精神潜心钻研，追求深刻的内心体验、深厚的生活基础，形成了自己独特的演绎风格。

他是一名导演。

蓝天野是表演艺术家，也是优秀的导演。他执导了《山村新人》《贵妇还乡》《秦皇父子》《吴王金戈越王剑》《家》等十余部经典传世话剧，大情怀与大境界，让他导演的戏剧始终带着对祖国强烈的爱。在首都剧场排练厅，演员们可以看到他到得最早，手把手传授演员声台形表基本功，然后在现场盯到深夜，散场后才会离开的孜孜不倦地工作的身影。他不仅是一位极具职业素养、在艺术追求上精益求精的好导演，还是善于发现和培养人才的伯乐和良师。

他是一名画家。

蓝天野钟情于绘画，作为李苦禅和许麟庐的爱徒，他曾经风雨无阻地向两位国画大师学习，接受他们的悉心指导和帮助。在绘画道路上，他秉承齐白石先生的"学我者生，似我者死"的艺术信条，画作用笔简练，设色典雅，大气潇洒，最终开创出属于自己的绘画风格，并三次在中国美术馆举办个人画展。

　　你想走近这位戏剧表演艺术家吗？你想知道他的多才多艺是如何练就的吗？你想了解世界著名剧作的主要内容吗？……快来打开这本书，走进蓝天野的世界，读一读他的故事吧。

母亲带我去看戏

一九二七年五月，正值冀中平原地区春暖花开的美丽时节，饶阳县（今河北省饶阳县）一个小康之家诞生一名男婴，起名王润森，后改名为蓝天野。他满月后，曾祖父带着全家四代人迁居到北京，做绸缎生意，小天野从此在这座城市度过了无忧无虑的快乐童年。

天野小时候身体瘦弱，不爱说话，见了生人总是躲到一旁，远远地偷看或者干脆趁机跑掉。天野的母亲不识字，但是特别喜欢看戏，她发现孩子性格内向，就想帮助他尽早适应外面的环境，于是每次看戏都带着他。让母亲没有想到的是，慢慢地，天野竟然也爱上了看戏。

随母亲一起去戏园子听戏，成为天野童年生活中令他印象最深、最快乐的事。

那时，北平街头巷尾最常见的就是戏园子，大家茶余饭后的最大娱乐就是去戏园子听戏、看戏。母亲经常带着天野，有时还带着家里其他孩子一起到戏园子听戏。有段时间，每天早晨一睁眼，天野就会问母亲："今天去戏园子吗？"如果得到的答案是肯定的，天野就会乐呵呵地起床吃早饭，然后开始磨着母亲："我们该去戏园子了吧？……""我们该出发了吧？……"听戏成为天野每天最期待的事情。

母亲忙活着，不明白听个戏为什么要去那么早，只好不厌其烦地一遍遍告诉他："先去玩，我们吃完午饭就去，不会晚的。"

得到这样的回复，天野就会噘起小嘴，躲到一旁不说话了。

忙碌的母亲没明白天野的小心思。原来，天野想早早地去，是因为他不想错过在正式开戏之前的"打通"。那时候的戏园子为了吸引观众来听戏，戏前都会安排"打通"，就是在开演之前敲锣打鼓，热闹一番。"打通"，通常是打三通。头一通剧场基本没人，到打罢二通、三通，便是开锣戏。随着锣鼓点越来越响，路过的人便会慢慢聚拢过来，拍手叫好的声浪也越来越高，那热闹的氛围尤其让孩子们喜欢。

天野一家住在一个几进院落的大杂院，院子里面住了大大小小几十口人。一天，天野突然和母亲说："我想学习武术。"

母亲知道胡同口开了一家武馆，小天野和他的伙伴们经常去那里玩。母亲觉得习武或许可以让瘦弱的天野强健起来，便痛快地答应给他报名。没想到，天野领悟力很强，每个招式都做得有模有样。武术教练问母亲："你家孩子是不是以前学过武术啊？别看他年纪最小，但是他练得最好。"那时天野还没有到上学的年龄。

母亲非常欣慰，心想这或许和经常带他去看戏有关吧。像金少山、郝寿臣等唱花脸的名角儿，以及京城两大科班富连成和中华戏校那些还没出科的学生的戏，天野都看得津津有味，甚至为此痴迷。不过那个时候他太小了，还不懂得欣赏名角儿唱腔，单是看到舞台都是一种享受。

看完戏回来，天野忍不住开始模仿所看的戏，尤其是武戏。他和院子里的孩子们一起模仿，一边比画一边唱，乐此不疲，每次天野都自觉成为主角。大人们听着他们的戏，做着自己的活计，氛围很是欢快。

渐渐地，天野不再满足这样的表演，他看到科班的学徒和他年龄差不多，就央求母亲："我也想学戏，送我去吧。"

母亲认真地告诫他："学戏特别苦，非常严苛。还有，如果送你去科班，你就不能再回家了。想学好戏只能下苦功夫，角儿都是被打出来的，不挨打，不吃苦，是学不到真东西的。"天野眨巴着大眼睛，一双小手自然地放在屁股上，似乎已经感到了疼痛。可惜，天野天生五音不全，一张口就跑调，最后只能放弃唱戏，但在母亲的影响下，他对戏曲的喜爱从未改变。

儿时看戏的这段特殊经历，在潜移默化中，对蓝天野日后走上话剧艺术道路产生了很重要的影响。

从听书到逛庙会

幼时的天野过着无忧无虑的生活,那时的他,家境殷实,总是被亲人关爱着。

由于出生在一个大家庭中,幼年时期的天野很少受到父亲的关注。不过,祖父对他可谓宠爱有加。从天野记事起,一直到他去报子胡同小学上学前,每到夜晚,上过几年私塾的祖父就会把最喜爱的孙子天野叫到身旁,给他说一大段评书。

在那个年代,评书是除戏曲之外,寻常百姓最喜欢的娱乐形式。祖父的说书技巧,虽然不能和"评书大王"相提并论,但对小天野来说却独具魅力:

首先,祖父讲述时,饱含对孙儿的浓浓深情,令他感到十分温暖；

其次，祖父说的故事不受评书研究会规定书目的限制，范围更广，也更有趣；

最后，祖父的"说书场"就在家里，免去了路途上的奔波，这种近在咫尺的艺术享受，对当时年纪尚小的天野来说，是十分珍贵的。

祖父说书的内容很杂，既有《包公案》《施公案》《彭公案》之类的公案小说，也有《西游记》这样的神怪小说。无论他讲哪一段，身旁的天野总是听得津津有味，舍不得回屋睡觉，等到祖父实在没有精力再多讲一段，他才依依不舍地上床休息。

天野上小学识字后，祖父说书的内容已经很难满足他了。为了知道更多故事，天野从书店买回许多书，获得知识的途径从"听书"变成了"看书"。

各种小人儿书、章回小说，从《三侠五义》等武侠书到《水浒传》《西游记》等古典名著……天野徜徉在书海中，享受着精彩故事和精美插图带来的乐趣，也从书中了解到中国社会各阶层的生存状态。

天野抓紧一切时间读书。每天晚上，当家人催促他睡觉时,他会立刻钻进被窝里,但是,他没有直接睡觉,而是把被子留一条缝,借着透进被窝的灯光,再接着看会儿书。这些阅读积累在潜移默化中给天野心中播撒下艺术创作的种子,为他今后走上艺术道路,打下了坚实的基础。

除了听书和阅读,天野还有另外一项乐趣,就是逛庙会。

那时,天野家就住在白塔寺附近,他认为白塔寺庙会是京城最有趣、最正宗的,这个庙会成了他儿时的乐园。

对于在戏园子里听惯了"大戏"的天野来说,白塔寺庙会那些"撂地摊儿"演的"小戏"别有一番趣味。不过,更能吸引他的,还是花鸟鱼虫和民间工艺品。

天野特别喜欢看养鸟的,尤其是一种经过训练的小黄鸟,在卖鸟人的指挥下竟然可以叼旗子。这让他十分着迷,他经常去围观。终于有次没忍住,他就拿出自己的压岁钱买下一只。正当他兴高采烈地走在回家路上时,那只鸟用力一抖翅膀,迅速逃离了他的手心。鸟刚到手就飞得无影无踪,天野看着湛蓝的天空发呆，极其失落。

一次偶然的机会，他听家里人提到，卖鸟的商贩经常会欺负一些没有经验的买鸟人，尤其是小孩子。小鸟的脖子上有个圆环，圆环上挂着一根链子，只要把链子拴在架子上，鸟就飞不走。但是，卖鸟的商贩有时故意不把链子扣紧，训练有素的小鸟就会振翅高飞，最终飞回到主人那里。

虽然偶尔会经历这样的不愉快，但庙会带给天野更多的还是快乐。

小商品琳琅满目，让他目不暇接。很多手工艺人会在现场制作工艺品，那精美的造型、鲜艳的色彩，就像是给天野上了一堂生动的美术课。与其他人相比，天野的观察力有其独特之处。比如，在挑选年画的时候，多数人都更加注重寓意，喜欢那些"年年有余""麒麟送子"之类的作品，而天野却更喜欢那些有故事的年画，他经常会在绘有戏曲人物的、故事中的"名场面"（诸如"三气周瑜"）的画作前驻足观看，久久不愿离去。

这种对色彩的敏感、对细节的洞察能力，让天野无师自通地练习起绘画。从小学开始，美术老师

从听书到逛庙会

就发现了他的过人之处,对他青睐有加,他的美术成绩也总是名列前茅。老师的肯定,再加上自身取得的优异成绩,都增强了蓝天野对绘画的兴趣,他越来越觉得,这可能就是自己未来的道路。

地下交通员

一九三七年七月七日,驻扎在中国华北地区的日本侵略者挑起事端,一手制造了卢沟桥事变,悍然发动全面侵华战争。经过一番惨烈战斗,北平城于七月二十九日沦陷,被日军占领。从此,蓝天野一家和北平的普通市民一样,不得不在沦陷区继续生活。

做"亡国奴"的滋味可不好受,那是蓝天野人生中一段极其艰难、极其黑暗的岁月。天野的学校在官园附近,那时的官园还是一个土丘,上学路上,他经常能看到饿死、冻死的人。在物质极度匮乏的情况下,天野他们只能吃一种叫"混合面"的东西,虽然这种东西名字中有一个"面"字,但里面却没有任何可称作"面粉"的成分,只有一点儿用玉米核磨成的粉,再加一些麦麸,勉强和粮食扯上点关系。这种东西不吃会饿得慌,吃多了又会觉得肚子很胀,真是吃也不是不吃也不是。在精神方面,沦陷区百姓的生活更是压抑,平日里谨言慎行,生怕得罪什么人,或是被抓住什么把柄,让侵略者抓了去,再也回不来。每到夜晚,全城便进入戒严状态,百姓不敢点灯,生怕日本兵随时闯进家里。

在这种提心吊胆的生活中,蓝天野小学毕业,考入了北平四存中学①。从小学到中学,他成绩最好的一门课就是美术课。在这里,他遇到了一位教美术的陈老师,陈老师是国画大师齐白石的弟子,教的美术课其实就是国画课。因为蓝天野有一定的美术功底,他很快就得到了陈老师的赏识。陈老师的悉心指导,让蓝天野的绘画技巧有了很大提升。

十五岁那年,蓝天野考入北平市第三中学,成了一名高中生。在学校里,天野接受了专业系统的

---

① 北京市第八中学的前身。——本书脚注若无特别说明,均为编者注

绘画学习，还结识了人生中一位很重要的朋友——苏民。

苏民比天野高一个年级，因为同时担任着画壁报的工作，两人逐渐熟络起来。两年之后，出于对美术的热爱，正在读高中二年级的蓝天野，提前一年参加了国立北平艺术专科学校①的入学考试。幸运的是，蓝天野考试通过了，获得了进入油画系学习深造的机会，并和同样考取了北平艺专的学长苏民一道，继续着二人的"同学缘"。

那时，天野每天最有兴趣的，就是怀揣着干粮，去学校外面写生、素描。练习素描使用的是炭笔，有了错误，蓝天野就用干粮来擦，所以，他当时带的干粮大都成了"橡皮擦"，基本没机会进入到肚子里。

苏民擅长美术，还十分喜欢话剧。在苏民的影响下，天野加入了由多所学校组织的"沙龙剧团"，开始利用业余时间排练、演出《日出》等代表进步思潮的话剧。

---

① 简称北平艺专，为中央美术学院的前身。

一九四五年初,离家数年的三姐突然从解放区回到家中。

这时的三姐作为地下党员已经改了姓名,叫石梅,回家的任务就是在北平开展地下工作。为了方便,她把联络点设在自己的家里。正是这次姐弟重逢,改变了蓝天野的人生轨迹。

三姐告诉天野,在解放区的时候,她在文工团的晋察冀挺进剧社工作,写剧本,也演戏。这次回来,是准备在北平开展地下工作的。地下工作的真正含义,天野多少知道一些,但是没有全面地、系统地了解。三姐带来的《论联合政府》《新民主主义论》等白纸封面的小册子,让天野接触到了革命思想。他印象特别深刻的是那篇《两个中国之命运》:"在中国人民面前摆着两条路,光明的路和黑暗的路……我们应当用全力去争取光明的前途和光明的命运,反对另外一种黑暗的前途和黑暗的命运……"

这些进步思想点燃了蓝天野的革命热情。在三姐的影响下,他逐渐明白了这份工作的重要意义,开始主动为三姐分担一些革命工作。三姐用短波收

地下交通员

音机收听解放区电台的信息时，蓝天野就负责记录。他还发挥专长，抛下画笔，拿起石笔，帮三姐刻蜡版，印制传单。在地下党的交通员忙不过来的时候，他骑着自行车，挎着书包，以一副学生的模样，穿梭在西直门到西山的"交通线"上，根据组织的需要，为两边的同志们传递消息，运输情报文件和物资。

就这样，蓝天野一步步加入到了革命工作者的行列当中。

此时的日军虽已苟延残喘，进入了"日薄西山"的颓废状态，但俗话说"百足之虫，至死不僵"，像蓝天野这样，带着材料、物资在交通线上跑，面临的风险的确不小。

蓝天野并没有考虑太多潜在的风险，也没有丝毫退缩，而是选择像三姐石梅那样，以一种革命者应有的大无畏精神，胆大、心细、从容地持续开展地下工作。

经过一段时间的考验，年仅十八岁的蓝天野正式成了一名北平地下交通员。

演了一个"红鼻子"

戏剧后来成为蓝天野一生钟爱的事业，但很少有人知道，他最初走上这一行是为了党的工作。一九四五年，蓝天野正式参加革命工作，加入中国共产党。在党组织的安排下，他一边从事革命工作、秘密发展党员，一边参加话剧演出、配合学生运动。从那以后，他对未来更加充满希望，努力的方向也更加明确。

一九四六年初，北平地下组织在文艺战线的工作已经打开了局面，根据组织的需要，蓝天野参与重组祖国剧团，以便开展各项活动。不久，党组织决定筹备成立北平戏剧团体联合会（简称北平剧联），将北平所有的职业剧团、半职业剧团，以及学生剧团统一组织起来，形成合力，并成立北平剧联党支部，蓝天野成为党支部的一员。

在北平剧联筹备期间，大家决定用一场话剧公演来增加剧联的知名度，争取能够"一炮打响"。为了达到这个目的，剧联特意选择了一出大家喜闻乐见的剧目——《青春》。

五幕话剧《青春》创作于一九四四年，是著名剧作家李健吾风俗喜剧成熟的标志剧目。这部话剧以反封建为主旨，风格清新明朗，一经演出，就凭借着生动的人物性格塑造、强烈的喜剧效果，赢得了观众们的好评。

作为一名演出经验并不丰富的非专业演员，蓝天野并没能获得出演主角的机会，而是接到了一个没有名字、人送绰号"红鼻子"的老年更夫角色。不得不说，对于年仅十九岁的蓝天野而言，要想演好一位年龄差距如此之大的老人家，难度是不言而喻的。

对于老更夫这个角色，以往很多剧团都会选用经验丰富的演员来担任，因为这个角色的首要任务就是通过插科打诨来博大家一笑。导演石岚在启发蓝天野理解剧目的时候，要求他将这个角色演绎成一个真实生动、富有生活气息的老农民；并提醒他说："这是一位不能下地干活儿了，但还能值夜打更的老头儿，是生活中很具体的一个人物。"

作为一名从小生活在北平城里的青年，对于农村的生活样貌，蓝天野知之甚少，更不要说一位已经干不动力气活儿但还能打更的老农民究竟该是一副什么模样了。思来想去，蓝天野最后直接跑到城外郊区的村子里，与农民朋友们聊天。一次、两次……去的次数多了，蓝天野跟农民们渐渐熟悉起来。到了分别的时候，一些农民朋友还会从地里割一把新鲜的韭菜送给他。通过这种近距离观察生活原型的方式，蓝天野逐渐找到属于自己的演剧方法。

蓝天野一边深入生活，一边努力寻找人物的感觉。他把从观察中获得的信息，应用到这个角色的动作、姿态、语气、声调等多个方面，以此来体现出人物的性格特征。最为宝贵的，是他在观察中体验到的一种非常独特的"老农的幽默"，这与舞台上那种惯用的、带有卖弄意味的搞笑完全不同，体现出的是农民身上那份自然、质朴的特质。

经过反复琢磨,"红鼻子"这个老更夫的形象,在蓝天野心中变得越来越具体、越来越清晰。因为蓝天野在美术方面有一定优势,他特别重视人物的化装和造型。每次登台之前,蓝天野都要花费三个小时来仔细化装。

《青春》这部剧演出之后,他扮演的老更夫形象深受好评。就连不少专业演员都忍不住喝彩:"你演的这个农村老头儿,是我们见过的最好的!"

来自各界的称赞,让蓝天野又惊又喜,也使他有信心在演剧的道路上走下去。随着表演能力不断增强,蓝天野在组织的宣传工作方面,越来越得心应手,被他发展起来的进步学生数量与日俱增。

可以说,"红鼻子"这个不太起眼的"小人物",对蓝天野具有重要意义,不仅让他更好地完成了组织交办的任务,也使他最终成了一位家喻户晓的"大演员"。此后,他开始潜心学习探索表演艺术,强烈的创作欲望被激发出来。

结识良师焦菊隐

随着形势的变化，北平剧联和祖国剧团开展的进步活动，引起了国民党当局的注意。

面对严峻形势，为保存实力，上级党组织指示两个团体的骨干成员暂时分散隐蔽。蓝天野被派到演剧二队，以一名国民党少校军官的身份做掩护，继续开展进步戏剧活动。演剧二队，最初叫"抗敌演剧队"，成立于抗战初始阶段的国共合作时期。

在演剧二队这个更为专业的艺术团体中，蓝天野有了进一步提高的机会。由于具备比较好的专业基础，蓝天野在一部改编自郭沫若同名话剧《孔雀胆》剧目中，出演了男主角大理总管段功。他凭借出色的外形和自身气质，成功地塑造了这个角色，得到了著名戏剧家马彦祥和著名演员丁力的肯定和赞许。

之后,演剧二队准备排演俄国著名剧作家奥斯特洛夫斯基的作品《大雷雨》,蓝天野分配到了修表匠库力金的角色。对他来说,这个任务难度不小。跟之前的角色段功相比,他的外形不再具备先天优势,而因为缺乏跟外国人的接触,他并不清楚这样一个人物在日常生活中是什么状态,更难以了解库力金的内心世界。

巧合的是,一次偶然的机会,蓝天野了解到有一对从白俄罗斯来的夫妇,带着他们的孩子住在演剧二队附近。他喜出望外,连忙前往拜访。通过攀谈,以及对他们生活的观察,蓝天野初步"触摸"到了库力金这个角色。他还数十次走进影院,反复观看正在上映的苏联电影《宝石花》,通过对影片中各色人物的观察,他渐渐找到了灵感,逐步构思出包括眼神、语气、手势、步态,以及服装、服饰,甚至头发颜色等元素在内的库力金这个人物应有的样子。

他的付出终于有了回报。蓝天野扮演的修表匠库力金获得了各方面的认可。白俄罗斯邻居观看演出后，还专门登台为他献花。这次演出之后，蓝天野总结出了一句话：艺术创造，如果能做得更好一些，为什么不呢？

一九四七年秋天，演剧二队准备排演一部改编自高尔基的名剧《在底层》的话剧《夜店》。《夜店》讲述了发生在上海的一家下等客栈"闻家店"里的故事。

为了排好这部改写成中国故事、反映底层人民苦难生活的作品，队里请来了时任北平师范大学英语系主任的焦菊隐先生担任全剧导演。

一进剧组，蓝天野就被焦菊隐先生与众不同的工作方式吸引了。他开始留心观察。首先，焦先生对剧本提出了详细的修改意见，对最后一幕进行结构顺序的调整，大大提升了剧情的吸引力，以及演出时的舞台生动性。其次，焦先生对演员提出了深入生活的要求，让演员到天桥游艺场的后面，去近距离观察当时处在社会底层民众的真实状态。这样的安排，给演员们带来了巨大的触动。此外，焦先生对细节的把控，几乎到了吹毛求疵的程度——负责舞美设计的人员，为了增加真实性，特意在墙上画了一道被踩死的臭虫留下的血痕，焦先生看过后，要求他把痕迹画低一些，要降到躺在床上的病人够得到的高度才行。实际上，这样一道细细的痕迹，是无法被台下的观众看到的……

在后续的排演过程中，焦先生表现出来的广博学识、丰富的人生阅历，以及启发、引导演员的有效方法，都深深触动了蓝天野，让他开阔了视野，也增强了他对话剧表演的理解。焦先生非常重视"体验生活，观察生活"，而这也让蓝天野开始思考戏剧美学的实现方法，为他日后成为一名导演，探索自己风格的戏剧艺术实践打下了基础。

《夜店》一经上演，就在北平引起了轰动。虽然蓝天野只是在剧中扮演了一个略显平庸的全老头儿，但是这次与焦菊隐先生的合作，是他人生中的一次重要机遇，用他自己的话说，足以"受用终身"！

之后，焦菊隐先生开始筹建北平艺术馆。由于条件有限，最初只设立了话剧部和京剧部。演剧二队为了支持焦先生的工作，决定派蓝天野和田冲等人加入北平艺术馆，增强其演剧队伍的力量。

在北平艺术馆，蓝天野参加了《上海屋檐下》和《大团圆》两部话剧的演出。在排演过程中，他与演员丁力有了难得的深入合作机会。蓝天野细心观察丁力的表演方式，并在戏后与他进行了坦诚的交流。通过这种交流，蓝天野常常有豁然开朗的感觉，并及时进行总结，把一些适合的技巧融入自己的舞台演出中。

良师焦菊隐的指导，加上益友丁力的引领，使蓝天野在成为一名专业演员后，走上了话剧艺术的"快车道"。

给自己起名字

一九四八年，国民党特务对北平进步剧团的监视和控制，变得更加严密：明令剧团排演反共的"戡乱戏"的同时，还把一些剧团的成员列入"黑名单"，重点监控。

北平文化戏剧战线的斗争越来越激烈，形势也日益严峻起来。为安全起见，党中央果断决定，将演剧二队的同志们分批次从北平撤走，并委派石梅协助组织撤退工作。

随着人民解放战争进入了全面反攻的态势，北平城内的政治气氛十分紧张，反动当局加剧了对人民的镇压。北平的地下党组织了解到，除了演剧二队的部分同志，祖国剧团也有同志上了特务的"黑名单"，随时都有被捕的危险。于是，祖国剧团的撤离行动，也被提上了日程。在城工部的统一领导下，最终决定由石岚、蓝天野等人协助演剧二队撤离，祖国剧团的撤退工作则由石梅、郑天健等人负责。

由于蓝天野具备国民党少校军官的特殊身份，他肩负起一项特殊的任务：为祖国剧团撤离同志提供"护送服务"。在军官身份的掩护下，一切行动都得以顺利进行。有一次，剧团安排两位男同志和两位女同志走冀东路线进行撤退，并指派蓝天野关注他们的安全。

为了把这四个人安全送出去，组织给蓝天野的指示是这样的：朝阳门外不远处有个集市，会有人在那里传递暗号。如果看到有人牵着一头系红缨子的骡子，说明可以安全通过进入解放区；如果骡子没有出现，只有散落在地上的红缨子，则说明情况有变，不能通过。

当天一大早，蓝天野就来到这里，找了半天，却什么也没发现，他立刻跑回城里，告诉了三姐石梅。石梅迅速前往冀东解放区了解情况，得知两位女同志已经成功撤离，而两位男同志则返回了城里。两天之后，组织安排这两位同志取道天津，最终进入了华北大学[①]。

演剧二队的撤离工作还没开始，国民党当局就派来了一个名叫董新民的新队长。这个突如其来的变故，让形势更加复杂，也打乱了制订好的撤离计划。

这个上任的董队长，肥头大耳，并没什么资历，完全是靠着个人关系一路爬上来的。之所以委派他来管理演剧二队，是因为这个活儿相对比较轻松，压力不大，又不涉及机密。在国民党高层看来，这个队长"是个人就能干"，于是，就让这个无能的家伙走马上任了。见过第一面之后，石岚和蓝天野等人作出判断——此人比先前那个队长好对付得多。这次人事调整，为顺利撤离提供了一个好机会。

为了麻痹敌人，蓝天野和同志们拿出钱来，每天请董队长吃吃喝喝，外加打麻将。董队长不明就

[①] 中国人民大学和北京理工大学的前身，是中共中央为迎接全国解放培养大批建设干部，于一九四八年春成立的高等学府。

里，觉得这些演员都尊重他，非常高兴，原本的忐忑不安早被抛到了九霄云外。短短几天后，大家和这个新队长的关系越来越亲密，简直有一种"相见恨晚"的感觉。

眼看中秋节临近，穿着少校军服的蓝天野来到董队长的面前，对他说："队长，您这新官上任，还不给我们谋点福利？放心，我们不要钱，只要您批准，给我们放三天假就成。正好咱们最近老戏演得差不多了，回来咱们就排新戏！"

董队长听完之后，眼珠子转了几圈，心想：既不用自己掏一分钱犒赏队员，又能收买人心，让他们排新戏，真是一个好提议呀！于是，他一拍桌子，果断同意，还在心中感激蓝天野，给自己出了这样一个好主意。

接下来的几天，还像之前一样，天天有人过来陪着董队长吃饭、打牌。而演剧二队里的其他人，则借着这个机会，分批次地撤出了北平城。三天假期已过，到了第四天，董队长再也叫不来一个人，他这才发现上了当，自己已经成了名副其实的光杆司令。董队长连忙向上汇报，增派人手，四处搜捕、抓人，但这时演剧二队的全体成员，都已经安全撤出了北平城。

从北平城出来后，演剧二队的演员们先奔赴天津，从那里坐火车到陈官屯，而后渡河，来到河北沧州，准备从那里进入解放区。

进入解放区的前一天晚上，接待站的一个工作人员突然敲开房门，对大家说："同志们，你们一路过来一定很辛苦。日后，你们将在解放区演出。但请注意，你们的家人和朋友还在北平。如果敌人知道你们在解放区，可能会对他们不利。根据党中央的要求，在进入解放区之前，你们每个人必须改名字。你们现在把新名字报给我，我再向上汇报。"

蓝天野，原名王润森，当时对外用的"官方"名字是王皇。听完工作人员的解释，一个新名字从他嘴里脱口而出：蓝天野！就这样，他给自己起了一个听起来十分响亮的名字。从那时起，这个名字就一直陪伴着他，并频繁出现在国内外的各个剧院和大大小小的银幕中。

至于为什么会起这样一个特殊的名字，蓝天野说，大概是因为自己原本的姓氏太过普通，于是，就挑选了一个不常见的姓——蓝，又脱口而出"天野"二字作为名字。如此大气的一个名字，也反映出了他那宽广的内心，以及深藏于心中那份对天空和原野的向往！

有了这个新名字后不久，古城北平就迎来了和平解放。一九四九年十月一日，蓝天野有幸在天安门广场见证了新中国成立的场景。几年之后，北京人民艺术剧院（简称北京人艺）正式成立，蓝天野成了剧院的第一批演员。从那时起，伴随着北京人艺的不断成长，他的演艺生涯也翻开了全新的篇章！

表训班里"取真经"

一九五四年,中央戏剧学院开办了导演干部训练班和表演干部训练班,邀请苏联戏剧专家来华授课,并面向全国的话剧院、团以及学校开放招生。

这是一个难得的学习机会,北京人艺非常重视,每个培训班都会安排人员参加考试。蓝天野和同事们也都十分迫切地想要进班学习,大家把向苏联专家求教称作"取真经",从一个侧面反映出获得入学的资格并不容易。

蓝天野一直梦想能进入表演干部训练班(简称表训班),遗憾的是,他首次提出申请却没有被剧院批准。而表训班的第一次招生名额未满,蓝天野幸运地接到了剧院通知,说苏联专家点名要他去参加考试。蓝天野非常开心有了这样一次机会，他暗暗地想，可能是负责招考的老师看过他演的两部戏，一部是苏联戏剧《非这样生活不可》，另外一部是改编自曹禺的同名作品《明朗的天》，因此对他有了印象吧。

考试分为表演考试和口试两个部分。

在表演考试中，蓝天野首先被要求朗诵一段自备的文章，他选择的是马雅可夫斯基的长诗《列宁》中的片段。在整个朗诵过程中，他并没有采用慷慨激昂的自我陶醉式表达，而是以一个诗人的身份，把心里话讲给听众们。

接下来是表演一个即兴小品，要求考生表演"正在下小雨时，穿过院子到对面的房子里去"的整个过程。这个题目非常简单，所以不少考生设计了很多在雨中的动作，但蓝天野并不认同。他认为在下雨天，人最为重要的事情就是别被雨淋湿。于是，他灵机一动，迅速从一边冲出去，飞快地穿过院落，跑到对面的屋檐下，然后拢了拢头发，又拍了拍身上的雨水，完成了这一项表演考试。

最后是口试环节。考场有三位主考官，分别是苏联专家列斯里和库里涅夫，以及兼任中央戏剧学院副院长的曹禺。

苏联专家问蓝天野："你最喜欢的角色是谁？"

蓝天野脱口而出："一共三个，哈姆雷特、屈原和曾文清。"

"曾文清？"苏联专家对这个名字很陌生。

"是曹禺先生的话剧《北京人》里的一个人物。"蓝天野立刻解释道。

不久，蓝天野收到了录取通知，美梦成真啦！

表训班设在香饵胡同二十五号一个四合院里，为期近两年，学员来自全国各地。除了苏联专家之外，大家吃住在一起，这个院子成了一个"大课堂"。负责表演教学的库里涅夫是苏联瓦赫坦戈夫剧院附属戏剧学校的校长，能够直接向这样的顶级专家求教，是蓝天野演艺生涯一次极为重要的机遇，他极为珍惜。

在库里涅夫的要求下，学员们进行了大量的表演实践。大家一边表演，专家一边给予引导和纠正。日复一日的严谨训练，让蓝天野和其他学员的表演技巧不断得到提升，他们开始逐渐领悟到表演的真谛和正确的表演方法。

除此之外，库里涅夫还要求学员们多进行小品构思和小品创作。学员们的压力可想而知，他们不得不每天绞尽脑汁，去思考小品的新题材。训练中，库里涅夫还时常打断他们的表演，采取即兴训练。这样做是为了让学员们学会根据情境的变化做出调整，适应这些变化，然后产生新的行动和反馈。这种训练极大程度提升了蓝天野与学员们的创造性，拓展了他们的想象力。

在专家的悉心指导下，蓝天野通过近两年的学习实践，找到了正确的表演方法和理念，从表训班取到的"真经"，让他受益终身。

此时，北京人艺准备办一个在职人员的表演训练班。蓝天野学成归来后，领导就让他做好准备，把他在苏联专家那里学来的本领，以传帮带的方式传授给人艺的演员们。蓝天野经过了长时间的准备，把原本的课程内容结合人艺的实际情况做了一些更新和调整，最终形成了人艺版的教案，开始了在职演员表演训练班的教学工作。

事实证明，有很多原本因为找不到提高表演水平的有效方法而深感苦恼的演员,通过在训练班的学习,在演技上取得了飞跃式的提升。这次教学工作的圆满成功,让蓝天野深感欣慰,同时,也为他日后再次担负起"培养北京人艺后备人才"的重任,埋下了伏笔。

深入人心的经典形象

一九五六年九月，老舍先生将一部名为《秦氏三兄弟》的剧本交给北京人艺。在看过剧本之后，著名导演焦菊隐对曹禺反馈，这部戏中，有一幕是发生在老北京的茶馆里面，很有意思。他建议如果能请老舍先生扩充这一幕，描述茶馆历经多个时期的变迁，将会使这部戏非常精彩，甚至可能成为经典。然而，这样的要求相当于要重新创作一部新戏，对于老舍这样的大作家，提出这样的要求是否合适呢？曹禺思考片刻，果断回复焦菊隐："好，我去跟老舍先生说。"

老舍先生听完曹禺的建议，沉默了片刻，然后语气坚定地说："这样，你给我三个月时间，三个月之后,我给你交剧本!"

老舍先生果然说到做到,按时完成了创作。十二月二日那天,老舍先生拄了一根棍儿,带着刚刚完成的话剧剧本来到北京人艺,亲自为演职人员念诵自己的作品。他边念剧本边讲解,还时不时站起身来比画,示范人物的举手投足、样貌姿态……京腔京韵的味道和十足的语言魅力当即引起了强烈反响。

三幕话剧以老北京一家叫裕泰的大茶馆的兴衰变迁为背景,展示了从清末到北洋军阀时期再到抗战胜利以后的近五十年间,北京的社会风貌和各阶层的不同人物的生活变迁。每一幕写一个时代,北京的三教九流人物,出入这家大茶馆,展示出来的是一幅幅气势恢宏的历史画卷。

蓝天野在现场与剧本初遇,兴奋之情难以言表。他有幸见证了中国话剧史上一部不朽传奇的诞生。北京人艺院领导当场拍板,决定马上开展该剧的排演工作。老舍先生的这部作品,后来被曹禺称为"中国戏剧史上空前的范例",是中国话剧史上的瑰宝,也被认为是中国话剧舞台上最璀璨的一颗

深入人心的经典形象

明珠——这出话剧的名字叫《茶馆》。

听完老舍先生的讲解，演员们都十分激动，纷纷讨论自己想饰演的角色，但蓝天野当时并没有提出申请。虽然他对这部戏很感兴趣，但他一时的确想不出自己适合扮演哪个角色。

《茶馆》剧本里出现七十多个人物，其中的五十个是有姓名或者有绰号的，这些人物的身份差异很大，有曾经的国会议员，有宪兵司令部的处长，有清朝的宦官，有地方的流氓头子，还有算卦先生、评书艺人、卖儿卖女的贫苦农民、说媒拉纤的"中人"、负责抓人的老式特务等，形形色色的人物，构成了一个层次丰富的小社会。

经过研究，《茶馆》的演员名单公布了。让蓝天野没有想到的是，自己居然榜上有名，让他饰演一位主要人物秦仲义。这位人称秦二爷的是位民族资本家，刚登场的时候只有二十几岁，风流倜傥，戊戌变法失败后，他凭着一颗报国之心变卖祖业，主张实业救国，办工厂、开银号，惨淡经营几十年，最后还是彻底破产了。蓝天野内心有些茫然，他觉得这个人物富贵逼人，非常复杂，与自己的生活相去甚远，一点儿都找不到感觉。

导演焦菊隐并没有马上组织排练，而是先请来老舍先生和专门研究北京历史的民俗专家，为大家讲解老北京的风土人情，然后安排演员去体验生活。

蓝天野与同剧演员一起深入到北京城的各个角落，观察各色人物，泡茶馆寻找感觉。当时，大茶馆虽然逐渐消失了，但是北京城里仍然存在着一些中小规模的茶馆；城墙已经拆了，但安定门的城楼还在，附近还有很多生意人的地摊儿。这些场所，都成了大家探访了解各色人物的好去处。他们还访问了评书艺人，一直聊到深夜，感受他们的学艺经历、江湖经验。

后来，焦菊隐先生提出演员们去体验生活时，要把精力集中在和自己担任的角色有关的对象上。经人介绍，蓝天野走近了一位与秦二爷生活经历相仿的企业家。经过细致的观察，蓝天野发现，对方兴趣很广，家中陈设十分讲究，处处都体现着封建贵族的生活气息：屋里所有的家具都是古色古香，墙上挂着许多字画，柜子里还有不少古董；主人会在庭院里养鸽子、玩鸟、喂蛐蛐儿，所有的"玩物"都是顶级的，而且都有专门的人来照管伺候，用的鸟笼子、蛐蛐儿罐子之类的器物也十分精致讲究。时间久了，蓝天野逐渐了解到对方性情。对于这些撑"排面"的珍稀物件，这位企业家并不在意，他把自己所有的精力都投入到了开拓事业之中，因为，那才是他真正的乐趣所在。

深入生活，走进角色，秦二爷的形象在蓝天野心中日渐清晰起来，他觉得已经开始"触摸到自己的角色了"。蓝天野对角色开始产生了"心像"：秦仲义非常自信，甚至有些自负，全身心地在事业上打拼。他是一个实业家，同时也保持着公子哥儿的做派，这都源于他的家庭背景。他的穿着和举止都很讲究，但与一般的游手好闲、炫富摆阔的公子哥儿不同。秦仲义身上的装饰品不能太多，因为他不喜欢炫耀，也不会在这方面花心思，这反映出他淡然的生活态度。

一九五八年三月，话剧《茶馆》在首都剧场首演并引起轰动，时任北京人艺院长的曹禺观看之后十分激动，他对老舍先生说："这第一幕是古今中

深入人心的经典形象　45

外剧作中罕见的第一幕。"

在剧中饰演常四爷的郑榕,对蓝天野饰演的秦二爷的评价是"一出场,就有范儿",他认为蓝天野具备一种独特气质,能够准确地诠释人物,而这是其他演员难以企及的。

"《茶馆》首次排练,花在体验生活上的时间和精力,比用在排练过程中的还要多,也是我演剧生涯中,对一个不熟悉的角色,达到熟悉并鲜明体现出人物形象的有益例证。"蓝天野总结着成功经验。

在对秦仲义这个人物的研究、揣摩过程中,蓝天野还得出了一个道理:演员要有好气质,但不能只靠这个本钱吃饭,话剧表演艺术要以塑造鲜明人物形象见长,这是要下大功夫的一门艺术。演员要尽可能多方面熟悉生活,要懂得人,要有丰富的文化素养。

蓝天野先后参加《茶馆》的演出近四百场,可以说,他所扮演的秦二爷已经达到了炉火纯青的境界,成为中国话剧舞台上一个难以超越的经典形象。

演艺生涯的一次突破

一九五六年,焦菊隐借着导演话剧《虎符》的机会,开始探索话剧民族化的路。他让演员坚持练功,每天去看京剧,并要求每个演员第二天来到排演场时,必须把前一天看到的戏曲中的招式用上一招。除此之外,人物服装配上了长长的水袖,京剧的锣鼓点也被引入剧中……

一九五七年,《虎符》顺利公演,受到观众们的普遍认可,焦菊隐进行的话剧民族化的创新由此迈出了成功的第一步。不久之后,另一部历史题材话剧《蔡文姬》的剧本摆在他面前,也为他进一步探索提供了宝贵机会。

话剧《蔡文姬》是著名作家郭沫若的杰作。在饱满的创作激情的驱动下，焦菊隐仅用了七天时间就完成了这部历史大戏的剧本。听完郭沫若念诵剧本之后，多数演员肯定剧中真情和诗意的同时，也感觉这个剧本似乎过于简单。如果把这部戏搬到舞台上，大家想象不出是怎样的效果。不过，焦菊隐的反应截然相反，他果断地说："好！我要的就是这样的剧本！"

《蔡文姬》这部剧主要描写了距今约两千年的东汉才女蔡文姬的坎坷际遇。

蔡文姬受父亲蔡邕的影响，自幼接受文学和艺术的熏陶，博学多才。董卓把持朝政后，把蔡邕请来，为他封官加爵。后来，董卓失势被杀，蔡邕被认为是董卓一党，被抓了起来，惨死狱中。当时中原地区连年战乱，百姓流离失所。蔡邕死后，蔡文姬到处流亡，被南匈奴兵抢走，献给他们的左贤王做妻子。蔡文姬在塞外度过了十二个春秋，生有一双儿女。蔡文姬虽然深受左贤王的宠爱，却无时无刻不在思念着故乡。

此时，曹操的军事力量不断壮大，出于对故人蔡邕的怀念与同情，他决定派遣使者将蔡文姬从匈奴处赎回。被赎回多年后，蔡文姬整理出了蔡邕的遗文四百余篇。

后来，当看到《蔡文姬》确定的演员阵容时，蓝天野有点失望。因为他并没有等到自己期待中的"左贤王"角色，而是扮演负责迎接蔡文姬归汉的使团代表董祀。在他看来，董祀是一个非常概念化的人物，几乎没有什么特色，只是"以说为主"。董祀的重点戏，是两大段近乎说教式的"思想开导"，安抚蔡文姬悲伤的情绪，劝她离开左贤王和孩子们，跟他一起返回汉地。

虽然觉得分配到的角色很乏味，蓝天野还是凭借着他深厚的职业素养，接受这项挑战。他先是重读了《蔡文姬》剧本，又从历史角度入手，对董祀和蔡文姬的关系进行了一番研究和梳理：首先，两人是表姐弟，从小一起长大，互相信任，已失散多年，此时在异域重逢；其次，董祀是大汉朝廷和丞相曹操的代表，而蔡文姬是匈奴左贤王的夫人。要想完成"文姬归汉"的使命，并不能只靠着两段"大道理"的苍白说教。

经过反复揣摩，蓝天野想要充分表现出董祀这个人物的"真"：他扮演的董祀，要通过表现内心的重重矛盾来体现对蔡文姬的理解，要用真诚的情感打动对方，晓之以理，动之以情，最终完成肩负的使命。

除了梳理人物关系，蓝天野还在角色的情感方面精雕细琢。在扮演董祀时，他借鉴融合了京剧的气韵和表演精华，迅速将观众带入历史感当中。值得一提的是，在第三幕的结尾，经过董祀的开导，蔡文姬豁然开朗，转身离去的那场戏，三次"明天见"的道别处理得落落大方。舞台中央的董祀，背对远去的蔡文姬，躬身行礼，演员的形体由动转静，耐人寻味。

就这样，蓝天野通过不懈的努力，为董祀这个极其概念化的角色赋予了一种真诚的、有生命力的语言，完成了他演艺生涯当中的一次突破。

《蔡文姬》是北京人艺国庆十周年献礼的重点剧目，在戏剧界和观众中引起了轰动，成为一部具有典范意义的保留剧目。

一事无成的"公子哥儿"

一九五七年,北京人民艺术剧院决定排演《北京人》。

《北京人》是剧作家曹禺先生的代表作,作品描写的是旧中国一个封建大家庭如何从家运旺盛逐步走向衰落直至崩溃的过程,着重刻画了曾家祖孙三代人之间的矛盾冲突,融入了对世人的沉重的思考,写出了人物极为丰富的思想感情。

在谈到这部戏的创作动机时,曹禺表示:"当时我有一种愿望,人应当像人一样活着,不能像当时许多人那样活,必须在黑暗中找出一条路子来。"

《北京人》中的大家庭生活着三代人,第一代人是已经失去妻子的老太爷曾皓；第二代人是曾皓的儿子曾文清和他的妻子曾思懿、一直在照顾曾老太爷的愫方，以及曾文清的妹妹、妹夫；第三代人是曾文清的儿子曾霆和他的妻子曾瑞贞。

曹禺笔下的曾文清当时三十六岁，是一位聪明英俊，善良敦厚，性格十分软弱的公子。虽然已步入中年，他却依旧无法独立承担生活的经济压力，是一位悲剧性人物。他与青梅竹马愫方相爱，却未能在一起，而是听从父母的安排，娶了思懿为妻，最后在家族没落的困境中，他绝望地吞食鸦片，走向了生命的终结。

曾文清一直是蓝天野想演的角色，但要真正演好这样一位人物并不简单，尤其在北京人艺强调"生活基础"的背景下，如何塑造曾文清成了摆在蓝天野面前的一道难题。

为了解开这道难题，蓝天野决定先从研究剧本、研究人物开始，探索曾文清的内心世界，理解他的情感变化和成长历程。

在研究曾文清这个人物时，蓝天野总会"哀其不幸，怒其不争"。曾文清会画画，能写诗，会养鸽子，还会糊风筝……可谓多才多艺。但在大奶奶思懿心中，丈夫曾文清的表现让她伤透脑筋，一向懒怠羸弱，终日无所事事，还有抽大烟的坏毛病。老太爷曾皓则更加怨恨儿子文清的无能。

为了诠释好这个复杂的人物，蓝天野在多个方面下足了功夫。除了自己比较擅长的书画之外，蓝天野着重补习了文学和古诗词知识，研究如何用吟诵的方式表现曾文清念《钗头凤》的场面。为了能展现出"懂鸽子行家"的气质，他仔细翻阅了《鸽经》《都门豢鸽记》等图书，此外还专门向养鸽人请教怎么把鸽子拿在手里，让它不动又感到很舒服，以及如何通过鸽子的嘴、眼、毛色等方面特征辨别其优劣。曾文清擅长品茶，蓝天野特地拜访了老茶客，请教老北京饮茶的规矩和讲究，只为更好地演绎这位世家子弟在品茶时的姿态。

通过这些细致入微的准备工作，蓝天野成功地塑造了一个生动、真实的曾文清形象，让观众深刻地感受到了角色的内心世界和悲剧命运。

一九五七年六月，《北京人》的演出大获成功，受到了业内人士和广大观众的广泛好评。周恩来总理当时也来到剧场观看这部经典戏剧。演出结束后，他走到后台与演员们亲切交谈，还特地对蓝天野说："你这个文清演得很好！"总理的话，对蓝天野来说，无疑是一种莫大的鼓励，让他格外欣喜。

成为一名导演

蓝天野在《茶馆》《蔡文姬》《北京人》等多部名剧当中，塑造了秦二爷、董祀、曾文清等经典艺术形象，稳步进入了演艺事业的上升期，成为一名有分量的话剧演员。除了演出任务的逐渐增多，蓝天野还担任戏剧教学工作，他的身体渐渐不堪重负，有些力不从心。

虽然每次演出时，蓝天野都尽最大努力咬牙完成任务，赢得了观众的赞许，但对自己这种带病坚持演出的状态，他心中很不是滋味。蓝天野明白，表演与很多其他艺术行当不同，作为创造者的演员，要以自身作为创作工具，通过自身体现创作成果，如果演员的身体状态不好还要坚持演出，无异于给观众提供了一个"次品"。

此时，蓝天野对导演一行也产生了浓厚的兴趣，想更大程度、更广范围地把握整部戏的方向去表现作品，而这正是导演的职责所在，蓝天野逐渐萌生了"转行"做导演的想法。

于是，蓝天野多次找到院领导，提出自己的请求，但是，每次都会得到相同的答复——"再演几年戏吧！以后再说。""身体不舒服提出来，咱们先休息休息。"虽然心有不甘，但蓝天野还是耐心地等待，同时，也在身体条件好的时候认真演戏。直到一九六三年，他迎来了人生中一次重要的转机。

一天，院领导把蓝天野叫到身边，对他说："你不是想做导演吗？这次，焦菊隐先生计划重排《关汉卿》，他想找一位副导演做助手。我们提出来几个人选，焦先生选择了你。"

领导说到这里时，顿了一顿，话锋一转："你不要离开演员行当，还是演你的戏，但这段时间，你就跟焦先生合作，他有戏排，你就帮着排。"

虽然没能"一步到位"，但是担任副导演的工作，总算是离自己的目标近了不少。想到这里，蓝天野开心地笑了，欣然接受了领导的提议。

《关汉卿》是中国现代剧作家田汉的代表作，一部十二场话剧，被认为是中国首部多幕话剧，具有极高的艺术水准。不过，一九五八年北京人艺首次排演该剧的时候，效果并不尽如人意，时隔几年之后，剧院决定重排这部经典，全院上下十分重视。

在排演《关汉卿》的过程中，焦菊隐先生在前期几乎不发表意见，在大多数场次中，都是先由蓝天野这位副导演指导演员进行排练，先"打个底子出来"，而后再呈现给焦先生，让他提出意见，进行精雕细琢。"用人不疑，疑人不用"，这样的合作模式，无疑为蓝天野提供了一次宝贵的机会，让他可以放开手脚，锻炼自己独当一面的能力，同时还能聆听导演大师的教诲，迅速提升业务水平。

有个别重要场次，蓝天野感觉自己很难把握创作方向，就采取了不同的策略，从一开始便请来焦先生直接指导，当场研究。这当中，就包含了一场"戏中戏"：

关汉卿准备把《窦娥冤》演给阿合马看，却被勒令修改。关汉卿果断地说："宁可不演，断然不改！"珠帘秀则说："你敢写，我就敢演！"第二天，他们的戏按照原来的样子演出……

在剧本中，这种"戏中戏"并不会出现在舞台上，但是，焦菊隐先生在重排时提出了修改意见："我要把这个'戏中戏'，这个关汉卿写的、珠帘秀演的《窦娥冤》摆在台上。"为了实现焦先生的这次艺术创新，珠帘秀的扮演者狄辛，还特意去学习了《窦娥冤》中的《法场》一折。

作为见证者，蓝天野深深体会到了焦菊隐先生对艺术的执着追求，也被这种崇高的精神所感动。可以说，正是这样源于亲身经历的直接体验，逐步塑造了蓝天野日后的导演风格，也让他在更广阔的艺术空间里，更加自由地向理想进发！

独立指导的第一部戏

作为副导演完成了话剧《关汉卿》的工作后，蓝天野也顺利从演员成为导演。一九六四年初，蓝天野主动提出，希望能有一次深入生活、体验生活的机会，去农村走一走、看一看。

经过研究，北京市委推荐他到房山县（现在的房山区）岗上大队去体验生活。当时的岗上大队是远近闻名的先进单位，全国劳动模范吴春山任党支部书记，队里饲养的大牲口、种植的林果都很有特色，称得上是北京市农业战线上的一面旗帜。

当蓝天野第一次与村党支部书记吴春山接触时，他立刻被这位村干部的无私奉献精神所感动。吴支书虽然家就在岗上村，家里有老伴儿和一个小外孙女，但他却很少回去住，而是坚持驻守在大队的畜牧场，与牲口为伴，这样的情况已经维持了十多年。蓝天野决定，与吴春山一同驻守在畜牧场，住在北屋的土坯房里。

在岗上村的那半年，蓝天野跟随吴春山深入田间地头、山坡和果园，了解农作物的种植、养护和生产情况。白天，他虚心向乡亲们请教农活儿技巧，晚上则与吴春山一起，睡在牲口大院的土炕上……

这种紧密的互动使蓝天野与吴春山建立了深厚的友谊。两人经常彻夜长谈，吴春山会向蓝天野讲述村里的事务、饲养大牲口的技巧，以及岗上村的发展蓝图。半夜里，吴春山要爬起来给牲口添草喂料，蓝天野也立刻起床下地，边看边学。慢慢地，蓝天野对牲口的饲养、繁殖等知识越来越熟悉，并逐步承担起喂牲口、遛牲口一类的基础工作。除了在畜牧场的工作，吴春山还鼓励蓝天野参加村里的大队会，并鼓励他在会上发言，对村里的发展提出自己的建议。蓝天野因此成为岗上村的一员，与村民们同吃同住，一同劳动和学习。通过这段经历，蓝天野深刻体会到了农村的生活和文化气息。

没有想到，蓝天野这段难得的农村生活经历，为他独立导演的第一部戏《结婚之前》积累了宝贵的经验，不仅开拓了思路和视野，在启发演员方面也起到了至关重要的作用。

《结婚之前》的内容讲述的是在北京近郊某生产大队，一个坚强的农村基层干部柳遇春与村民之间的故事。开始排练之前，蓝天野决定先带着演员们到北京顺义县（现在的北京顺义区）鲁各庄体验生活，积累生活经验。剧中的主角，柳遇春的扮演者蓝天野的夫人狄辛也参加了这次活动。

进驻鲁各庄的时候，刚过完农历新年，土地虽然已经进入开化的过程，但进展十分缓慢，土壤还带着冰碴儿。要在这样的土地上播种，并不是一件容易的事情，当地有经验的农民们都说，这活儿只有男劳动力才能干。

对于这样的说法，狄辛很不服气。她抛下一句"女孩为什么不能干"，便脱下鞋子，挽起了裤脚，大踏步走进地里。蓝天野一直记得这一幕——狄辛就扛着大四齿钉耙，光着脚，踩在带着冰碴儿的泥里干活儿。"她舍得下苦功夫，所以她演的农村戏就能有生动的生活气息。"蓝天野是这样评价夫人狄辛的。

《结婚之前》的另外一个重要角色杨二叔，由著名演员朱旭担任。蓝天野觉得朱旭的外形及角色气质，与岗上村的劳模吴春山颇为神似，他立即联系了岗上村，安排朱旭跟着村支书吴春山去体验生活。

多年以后，朱旭回忆起这段难忘的经历，仍然记忆犹新。

他说，跟着吴春山体验生活，学到很多宝贵的知识。比如，吴春山主张村里一定要种树，不仅是为了保护环境或净化空气，还为了应对可能发生的灾害。在那个年代，如果遇到严重的灾荒，没有粮食可吃，树皮便成了充饥的食物。因此，吴春山所在的岗上村大力种植树木。此外，吴春山对账目的管理非常严格，每一笔账都清清楚楚。尽管他没有受过太多教育，但他深知账目清晰的重要性，这有效地避免了村里的许多矛盾。吴春山训练骡子的技巧更令人叹为观止。车把式只要解开拴骡子的绳套,这头骡子就会自己走到水槽边喝水。喝完水后,它会自觉回到大车那里。只见它往后退,退着退着,大车呱嗒一声落下来,自动就套上了。这一切都如此神奇,让人难以置信!

凭借这种严谨的生活体验和对农村生活的深入观察,剧组里的演员们为戏剧的排演打下了坚实的基础。果然,《结婚之前》正式上演之后,收获了观众的广泛好评。观众们纷纷称赞这出戏:"还真有京郊农村的味儿,人艺演员演农民还挺像!"

《结婚之前》的演出大获成功,一直秉承北京人艺"深入生活"传统的蓝天野,打响了导演之路上的第一炮。

"铁汉柔情"的草原霸主

一九七八年,著名剧作家曹禺在女儿万方的陪同下,深入内蒙古地区体验生活,收集了许多有价值的素材,完成了五幕话剧《王昭君》的剧本创作,这也是他最后一部戏剧作品。北京人艺拿到剧本之后,当即将其列为重点剧目,决定马上着手开展排演工作。

这时的蓝天野,早已从一名专职演员转型成为一名导演,由于《王昭君》的导演工作分派给了梅阡和苏民,按说这部戏和蓝天野不会有太多交集。不过,蓝天野的夫人、著名演员狄辛被选中扮演女主角王昭君,他便与这部戏产生了密切的联系,时常会从狄辛那里了解到剧目的准备情况。

一天，蓝天野在楼道里与《王昭君》剧目的一位导演不期而遇，出于礼貌和对同事的关心，他随口问道："筹备进展情况还好吧？"

导演叹了口气，满面愁容地回答说："难啊！"

蓝天野有些不解，这样一部已经被列为重点剧目的戏，在资源调配方面本应具有优势，筹备工作应当顺利推进才对嘛！

他忍不住问道："不是说要从全院挑选演员吗？听说还拟了个参考名单。"

导演摇了摇头，回答道："是啊，但是有的角色还没有着落。你说，呼韩邪单于谁来演合适呢？"

蓝天野听完，不假思索地伸手指了指自己，半开玩笑地接了一句："哦，这不难，我来演啊。"

导演先是一愣，然后盯着他端详了一会儿，最后语气坚定地说道："好！咱们就这么说定了啊！就你来演！"

见导演当真了，蓝天野有些慌了神，连忙解释："不，这可不行。我是随便开玩笑呢。"

就当时的实际情况来看，让他来扮演呼韩邪单于，几乎是不可能的事——作为一名导演，他正在考虑下一步要排演的剧本。除此之外，他还要完成剧院复排《茶馆》中扮演秦二爷的任务，这个时候，怎么可能再加入《王昭君》剧组，扮演戏中的男主角呢？

蓝天野的话导演仿佛并没有听见，他点了点头，而且非常认真地补了一句："咱们说定了啊！"然后微笑着走了。

两人道别之后，蓝天野并没有把这件事情放在心里，既然剧院是从全院中挑选演员，无论从哪个角度考虑，都应该不会把这个任务压到他的头上来。可没过多久，蓝天野就在《王昭君》剧组公布的演员表中看到了自己的名字：男主角匈奴呼韩邪单于——蓝天野。就这样，一次偶然的碰面、一句短短的玩笑话，给了他一个塑造经典人物的机会。

蓝天野一直偏爱历史类题材，《王昭君》这部戏的吸引力是不言而喻的。曹禺先生的创作，采用了现实主义和浪漫主义相结合的手法，在大的历史背景下，进行了大胆的艺术加工，抛弃了以往"昭君怨"的刻板印象，为老故事注入了新活力。

为了更好地理解角色，把握那个遥远的时代中一位匈奴单于的精神世界和外在特征，蓝天野在正式排演之前，进行了必要的准备。

首先，蓝天野从图书馆借来两部介绍匈奴历史的书籍，通过认真研读，了解当时的时代特征和历史事件。然后，他又走进历史博物馆，近距离观摩了匈奴单于的王冠实物，记录了上面的图纹和样式，并以此为基础，制订了这个角色的服装造型设计方案，发给负责的同事参考。

除此之外，还有一个难题摆在蓝天野面前——蓝天野要演的匈奴单于，是一位在马背上成长起来的、经历过连年征战、习惯了戎马生涯、英勇彪悍的人；而蓝天野那段时间因为长期失眠，精力严重不足，体重降到六十公斤左右，看上去显得轻飘飘的，有些弱不禁风。这样的外形差异，成为他塑造单于道路上的"拦路虎"。

不过，凡事都有两面性。由于蓝天野扮演呼韩邪单于，几乎是在最后阶段才决定下来的，加之《茶馆》的复排正在紧锣密鼓地进行中，蓝天野正式参加《王昭君》排演的时候，剧组已经排演到第二幕的中段部分了。这让蓝天野没有太多时间去反复考虑，从走进排演场的那一刻起，他就开始捕捉人物的自我感觉。

蓝天野发现，呼韩邪单于虽然贵为单于，但有着和普通人一样的快乐和苦恼，内心也有着不少矛盾和痛苦。他对亡妻深深的思念，在发现昭君身上的美好和善良后，内心萌发的真挚情感，都体现出呼韩邪单于是一位"心在跳动的人"。蓝天野决定把呼韩邪单于演成一个"活生生的人"。

这种创作初衷在呼韩邪单于处理温敦叛乱的一场戏中得到了充分体现。尤其是在"旁敲侧击，警告温敦"后的"单于收刀"情节中，呼韩邪单于注意到温敦流露出的不甘心，在从他手中接过宝刀的一瞬间，有片刻的停顿。蓝天野的艺术处理，展现了单于当时心中的苦闷和矛盾，也展现了一位政治家应有的"君长之风"。

一九七九年七月，话剧《王昭君》在首都剧场成功首演，收获了如潮好评。在那之后，连续上演了一百余场，并在第二年作为第一部内地话剧在香港的舞台上进行公演。在话剧《王昭君》的演出中，蓝天野借鉴了不少中国传统戏曲的精华和技巧，通过对话剧民族化的进一步探索，在吸收艺术养分的过程中，他的表演水平达到一个新的高度。

八一班里"明星"多

为了培养话剧人才,一九五八年开始,北京人艺举办首届演员学习班,面向社会招生。学员被录取之后,将会直接参加舞台演出,这届学员也被称为"大班学员"。蓝天野怀着为祖国培育人才的使命感,参与了大班学员从招生、报名到三轮考试的全过程,好友苏民被确定为带班人选。

这批学员在完成两年的学习后,大部分留在了北京人艺,更有不少人成为剧院的骨干成员。

一九八一年,在大班学员结业的二十多年后,考虑到北京人艺演员的梯队现实情况和后备力量培养的迫切需求,苏民建议再进行一次自主招生,开办演员训练班,并开始筹划各项事宜,提出了培养适合北京人民艺术剧院需要的话剧表演人才的办学宗旨，确定了坚持"深厚的生活基础、深刻的内心体验和鲜明的人物形象"等训练方针。因为这次招生的时间是一九八一年，后来，大家就把这一期的演员训练班，称作八一班。

苏民诚挚邀请蓝天野加入这个班的教师队伍，承担起表演教学的重任。得知好友的意愿之后，蓝天野爽快地答应下来，并立即投入到演员的选拔工作中。从报名日开始，他从早到晚，一连三天都守在剧院前厅的报名处，认真观察前来报名的每一位学员。

"我们的考试包括初试、复试和三试，光凭这三次见面，我很难了解清楚学员们的真实情况……我可以说，在报名处的三天当中，所有来参加报名的学员，我都见过，而且，在报名处我都会琢磨报名的人适合不适合做演员。"蓝天野的认真负责，为的就是对考生有更加准确、细致的了解，避免错过任何一个可塑之才。

蓝天野的功夫没有白费，他的付出得到了回报。在这次招生中，许多好苗子走进了他的视野。

人群中有一位姓宋的小姑娘，引起了蓝天野的注意。用他的话说，就是"有灵气"，这就是后来家喻户晓的著名演员宋丹丹。其实，她原本并没有参加训练班的打算，而是陪着小伙伴来报名的。到了报名处，在同伴的鼓励之下，宋丹丹鼓起勇气也递交了申请，就这样，原本是来陪考的"陪衬"，竟然稀里糊涂地走进了考场。

宋丹丹当时的表现给蓝天野留下了极其深刻的印象，以至于三十多年之后他还能回忆起那次考试时的情景："当时，觉得她在小品表演中表现不错，但总觉得她还能再展示点什么，就又给她出了题。"

作为主考官的蓝天野对宋丹丹说："你来人艺看榜，你被录取了，却突然接到电话，妈妈病重，送医院了。"

这并不是一个特别难的题目，宋丹丹表演得很自然，把心里那种欣喜和焦虑都展现得很好。除此之外，她还特地在最后多说了一句："哦！您跟我开玩笑呢！"这个灵机一动的处理，让所有考官都很惊喜，大家已经在心里录取了她。不过，蓝天野仍不满足，又让宋丹丹重新演了两遍，并提醒她"是妈妈真的病了"。

面对这样的情景，宋丹丹先是动情地说道："我不去人艺了，马上去医院！"接着，她又心有不甘地补充了一句，"您别忘了给我带两瓶酸奶！"

考官们对宋丹丹的精彩表现都非常认可。有人觉得，蓝天野没必要这样给宋丹丹"出难题"。但蓝天野却不以为然，他认为这样的磨砺，正可以挖掘出一个演员更大的潜力，也有助于她日后的成长。

除了宋丹丹之外，还有两位学员走进了蓝天野的视线当中，他们是女演员中年龄最小的罗历歌，以及男演员中的梁冠华。

蓝天野从罗历歌身上看到了很多至真、至纯的东西，果断将她录取。罗历歌不负所望，在学成之后不久，便获得了中国戏剧梅花奖，奠定了自己在话剧舞台上的位置。

梁冠华那时是一个小胖子，圆圆的脸蛋上总带着笑容，一副憨态可掬的样子。不过，蓝天野从他的眼睛里看到了灵动的光。

第一次见面,蓝天野就问梁冠华:"你原来接触过戏吗?"梁冠华摇摇头说:"没有。"蓝天野接着问:"不可能吧?"这时,梁冠华又想了想,告诉蓝天野,自己的舅舅是从事京剧工作的。蓝天野满意地点了点头——自己果然没看错人,这孩子受到京剧的熏陶,所以身上有股灵气。

可以说,有了蓝天野的"慧眼识珠",八一班才能够形成人才济济的良好局面。这些学员没有辜负蓝天野,凭借着天分和努力,不断在戏剧艺术的道路上阔步前进,为北京人艺的发展和壮大作出了应有的贡献!

"再来一遍！"

一九八一年六月，由蓝天野、苏民、谢延宁和童弟四人组成的表演课教研组，决定以一九五七年在职演员学习班的教案为基础，结合本届学员普遍缺乏表演经验的实际情况，制订一份既符合学员实际情况，又能满足教学目标的表演教学计划。经过反复讨论和修订，这份表演教学计划最终形成了详细的教案。

当时世界戏剧三大表演体系分别为斯坦尼斯拉夫斯基体系（以下简称斯氏体系）、布莱希特体系和以梅兰芳为代表的中国戏曲表演体系。教研组确定了以斯氏体系为核心，这一体系讲求演员与其饰演的角色要合二为一，进入无我之境，通过逼真的生活化表演，在舞台这个集中的时空当中，再现生活。这种逼真的再现，会增强观众的代入感，使他们对戏剧产生感情，并亲近角色，最终置身剧情之中，达成情感交流。

此外，教研组决定将斯氏体系"形体动作方法"和北京人艺一贯强调的"生活积累"进行有机融合。正因为这一原则，在学习中，观察生活小品练习占据了相当大的比例，负责这方面教学工作的正是蓝天野。

观察生活，指的是从生活实践中锁定有兴趣的人物形象，经过观察、揣摩、体验等一系列工作，最终通过演员自身的表演把人物展现出来的全过程。对于一群生活经历并不丰富的青年人来说，这并非一件轻而易举的事情。

蓝天野严谨治学的态度，在课堂上体现得淋漓尽致，他并没有因为难度大就高抬贵手，降低对这些孩子的要求。

学员王姬第一次见到蓝天野老师，印象十分深刻，觉得他是一位特别儒雅的知识分子，文质彬彬，很有"洋范儿"。随着课程的开展，王姬与蓝天野老师接触增多，发现他很严肃，几乎没怎么笑过，而你也很难逗他笑，他的情绪不会写在脸上，你摸不透他的喜怒哀乐。

事实上，每次表演结束，学员们心中都会有点害怕，总担心自己哪里做得不好。所以，学员们就会围到蓝天野面前，询问自己刚才演得怎么样，希望听到他的指点，能多"抠出一点儿东西来"。每逢这时，蓝天野会缓缓抬起右臂，张开大手，在桌面上的一个小铃铛上轻轻一拍，随着铃铛发出叮的一声响，蓝天野不慌不忙地吐出四个字："再来一遍！"

蓝天野虽然标准很高，举手投足间自带威严，让学员们觉得不太好接近，可他从没真正发过脾气，只是循循善诱地引导和启发他们。

在一次表演课上，宋丹丹扮演一位老太太。平心而论，在学员当中，她算是完成得比较出色的。但是蓝天野并不满意，凭借着多年积累的经验和敏锐的观察，他断定在准备这次表演作业时，宋丹丹不够用心，而是凭自己的"小聪明"应付了下来。在蓝天野看来，这样的态度要不得，一旦形成投机取巧的习惯，是成不了一名真正的好演员的。

他不能眼看着宋丹丹如此不珍惜自己的天分！但蓝天野表现得十分平静，他说："丹丹，下周一的观察生活小品课，你要给我拿出三个有不同生活、不同身份的老太太形象。"

宋丹丹听后当时有点蒙，感受到了前所未有的压力。

面对压力，宋丹丹并没有退缩，而是选择了迎难而上。一周之后，她顺利地完成了蓝天野布置的这项作业，尤其是最后一位老太太形象——带着南方口音，看什么都不顺眼，爱唠叨、爱训人的老知识分子形象——在她的演绎下活灵活现，让蓝天野忍不住拍案叫绝。

"你从哪儿观察到这么个人物？"蓝天野问。

"就是我们家邻居，我天天回家路过她门口，她总把我喊住，训我半个钟头……"宋丹丹如是说。

这个成功的案例，使蓝天野更加坚信"观察生活"这一方法的有效性。他经常提醒年轻演员们，对自己表演的人物要达到像生活中最为熟悉的人那样——听到脚步声，就知道这是谁。就像《红楼梦》里的王熙凤，话音一起，就知道是"凤辣子"来了。

在蓝天野等老师们的悉心教导下，八一班的学员们取得了很大的进步，顺利完成了各项课程，为正式登台表演做好了准备。

一九八四年，蓝天野获得了一次挑选剧本排戏的机会，他没有选择新剧本，而是挑中了《家》这部经典剧目。这样的安排，其实是为了八一班的学员们——按照教学计划，在课程的最后阶段，这个班要有两个好的实习剧目，但遗憾的是，没能安排上一部经典剧。现在他们毕业了，蓝天野就想用自己担任导演的机会，让学员们加入剧组，给他们补上这一课。

《家》这部剧一共涉及三代人：高老太爷、冯乐山为第一代；"克"字辈的几位兄弟是中间的一代；觉新、觉民、觉慧、瑞珏、梅等人是年轻一代，也是最为重要的一代。考虑到这个特点，蓝天野决定，邀请北京人艺老一辈的骨干演员出山，加入演出团队。通过这种以老带新的方式，让学员们迅速成长，真正领会到北京人艺表演风格的精髓，担当起让北京人艺精神发扬光大的重任。

加入剧组的老演员包括吕齐、胡宗温、谢延宁、秦在平、童弟等人，中年演员则有吴桂苓、谭宗尧、吕中等人。对于他们当中的每一位，蓝天野事先都作出了交代，在表演之外，也要做好对毕业生的传帮带工作，老演员们欣然接受了这份额外的工作。

排练中，面对前辈艺术家们，原本有些忐忑不安的年轻演员逐渐放松下来。他们发现，老演员们没有端着架子，反而很尊重他们这些晚辈，会和他们一道认真研究剧本、对白，征求他们的意见，听取他们的想法。在这个过程中，老一辈演员的一举一动、一字一句中散发出来的"人艺范儿"，默默地影响着八一班的毕业生们，让北京人艺的"基因"一点点注入他们的表演之中。

为了帮助演员们更好地理解作品和角色，蓝天野采取了一系列措施。除了要求演员们学习历史、阅读原著，他还从电影资料馆借来了两部与剧中时代背景相关的影片，供大家观摩学习。

在引导青年演员方面,蓝天野倾注了大量心血。他不仅亲自上阵,穿上长袍,给演员们示范不同年代的着装感觉,还从言谈举止、待人接物、传统礼节等多方面进行展示,帮助演员们深入理解人物的时代特征。宋丹丹曾表示:"蓝天野老师是一点儿一点儿耐心引导学员,帮助他们找感觉,通过不断积累,真正体悟到表演的真谛。"

在这次排演过程中,值得一提的是女演员王姬。当时,出演"梅表姐"的演员状态不太好,表演总是不到位,难以令人满意,经过研究,安排王姬顶了上去。在这之前,王姬已经"熬了多年龙套",心里难免憋着一股劲儿。面对这次难得的机会,她拼尽全力,将自己的演技彻底来了一次"大爆发"。她凭借精彩的表演,赢得了一片掌声。当王姬表演完后,蓝天野对她接连说了两个"不错"。

要知道蓝天野平时话不多,很惜字,他说的话,学员们要去琢磨,能从他嘴里说出"不错"来,而且连说了两次,已经是非常高的评价了!这短短的四个字,让王姬再也无法抑制心中的情感,她跑到卫生间里,放声大哭了一场。自己终于获得了认可，尤其是蓝天野老师能肯定她，她感到格外欣喜。

除了王姬外，罗历歌、宋丹丹、郑天玮等人都出色地完成了各自的演出任务。尤其是罗历歌，凭借着饰演剧中瑞珏一角，获得了当年的中国戏剧梅花奖。年仅二十一岁的她，能够取得这样高的成就，实属难能可贵。

《家》的演出取得了巨大的成功，也收获了来自社会各界的如潮好评。

那时曹禺先生正在上海养病，只能遗憾地错过了《家》的演出。曹禺先生特地给蓝天野修书一封，在信中说："《家》在我们北京人艺上演，你费了不少精力。培养年轻演员，让成熟的老、中年艺术家们领他们上路，人艺的前途便大有希望。剧院、观众，尤其是我们的党盼望有更好的、出色的青年演员早些露出光彩。想想你和你当时的朋友们，不就是在年轻时就显出头角了吗？……相信这出戏，经过你同朋友们艺术加工，定然获得成功……在巴老（巴金）处看见《家》的节目单，如在报纸上有评论，希望能剪下一阅……"

后来，蓝天野用心整理了有关中国戏剧家协会、北京人民艺术剧院的专家座谈会资料，罗历歌获得梅花奖的照片，《戏剧报》封面用的瑞珏剧照，以及各种报纸上的相关评论一起寄给了曹禺先生，达成了这位老艺术家的一点儿心愿。

不一样的历史故事

作为导演，蓝天野对好剧本有着极度的渴望。为了能够得到心仪的剧本并排演出真正令自己满意的戏，他和许多作家都保持着密切的联系，这当中就包括我国著名作家、编剧白桦。

一九八〇年的一天，蓝天野和白桦约写一个剧本，白桦承诺一旦腾出时间来，就会把已经在脑子里构思的题材写出来。第二年的夏天，蓝天野特地赶到武汉与白桦会面，询问剧本创作的进展情况。

当得知白桦写的是吴越之间的故事后，蓝天野先是有点担心会老生常谈，不过，以他对白桦的了解，他相信白桦肯定能创作出一个与众不同的故事。

一个多星期后,白桦带着新鲜出炉的剧本来到北京人艺会议室,这部剧叫《吴王金戈越王剑》。白桦刚开始朗诵,在场的人就兴奋起来。他们很快发现,这部剧的语言像诗一样优美。蓝天野一边听,一边开始设想话剧的舞台意境。很快,剧院党委会就把这个剧本提交市委审查。市委委托了两位历史学家仔细研读剧本。两位专家一致认为这个剧本符合历史,有关情节还可以起到以史为鉴,以史为镜的作用。一年之后,北京人艺开始排演这部大戏。

提起历史上的"吴越之争",大家首先想到的可能会是"卧薪尝胆"这个成语,以及它背后隐藏着的越王勾践时刻提醒自己,勿忘国耻、发奋图强的励志故事。但是,这次白桦所写的《吴王金戈越王剑》,给这段古老的故事赋予了新意。他曾经指出:"生于忧患,死于安乐。死于安乐,或可再生于忧患。春秋吴越交锋,为这条古训佐证,并互相镜鉴。"

蓝天野深深感到了自己肩负的重任。他开动脑筋，狠下功夫，力争为广大观众创作出一部真正意义的文艺精品。

在舞台处理方面，蓝天野的灵感来源于中国画中的"大写意"，坚持"以少胜多""意在画外"，与北京人艺先前排演过的一些历史题材剧目有所区别。他采取虚实结合的方式，在保留真实感的基础上，融入一些虚拟化的呈现，力求在浓墨重彩和浅描细勾之间找到平衡，更好地展现应有的意境。

演员的服装设计，是这部戏的另一个亮点。考虑到越王勾践被释放回国后，是带着屈辱感、负罪感深入民间去理解百姓的疾苦，蓝天野认为，这个戏在确定"色调"的时候，应该在"诗意"之外，加上"民间"这个关键词。他提出，所有的服装必须是"人们能穿在身上的"，百姓衣衫褴褛，武士们的甲胄采用带有青铜和皮革质感的服装……整部戏中，蓝天野刻意剔除了亮晶晶的华丽之感。

戏剧演出的成败，一个最为重要的因素，就是演员。

为了增加整部戏的厚重感，蓝天野特意安排了几位老演员出场：吕齐和郑榕饰演勾践，狄辛扮演王后，童弟扮演文种，修宗迪扮演范蠡。除了这些角色，在确定西施扮演者的时候，蓝天野作出了一个出人意料的大胆决定——起用八一班还没有毕业的学员，也是年纪最小的罗历歌。

那时候，罗历歌不到二十岁，也并没有一般意义上貌似天仙的外在条件。当得知要饰演西施的消息后，她简直不敢相信这是真的，同时，更因为不够自信而感到忐忑不安。在排演的过程中，蓝天野告诉罗历歌，一定要放弃"扮演一位古典美女"的想法，而是在一种最自然、最纯真的状态下，演绎一位有血有肉、正当妙龄的水乡少女。在蓝天野的启发之下，罗历歌一步步走进了西施的内心世界，与角色融为一体。

当罗历歌撑着竹篙，泛着小舟，从舞台深处款款而来的时候，台下的观众立刻被这纯美的意境感染，被带入到角色的情绪之中。

《吴王金戈越王剑》的演出取得了巨大成功，在观众和演艺界的同行当中，都产生了很好的反响。多年以后，在谈到选择一部戏进行复排上演时，蓝天野选择了这部《吴王金戈越王剑》——它秉承北京人艺坚持的民族化原则，但没有重复北京人艺之前的几部历史剧的样式，而是创造出新颖的风格和艺术个性，在营造独特的场景意韵时，也塑造了众多鲜明的人物形象。

二〇一四年，在首演三十一年之后，由蓝天野亲自执导复排的《吴王金戈越王剑》成功进行复演，像当年一样收获了观众经久不息的热烈掌声！

作为一名老党员，对于《吴王金戈越王剑》成为北京人艺反复排演的经典剧目，蓝天野有自己独特的认识："我们今天复排这个戏，要传达给观众的，不是看到一段历史故事，看这个戏怎么好看、怎么美，而是想要引起观众的思考。思考什么？就是家国情怀。每一个人都应想一想，我们这个国家应该怎么发展？自己在国家发展的进程中该做些什么？要做些什么？以史为鉴，可以正心。我们党从一九二一年走到新中国成立，再走到今天，这是一条曲折的道路，充满探索的道路。历史证明，只要

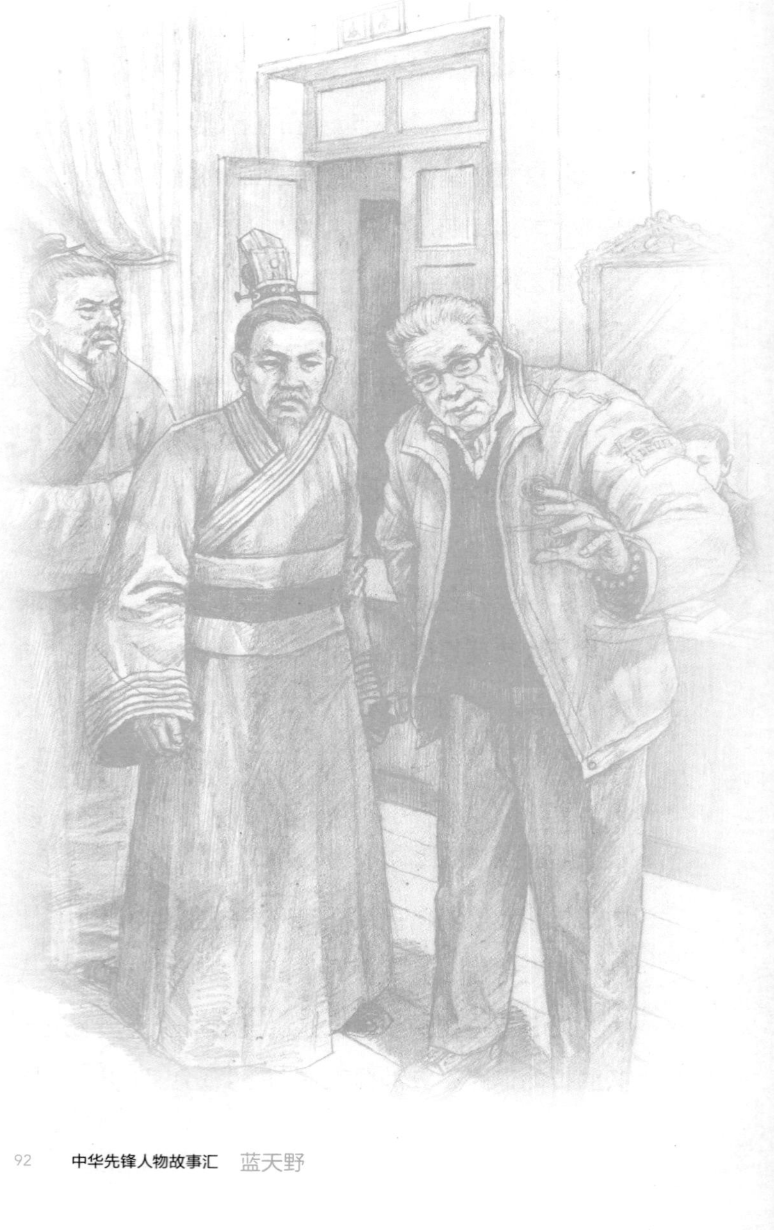

永远葆有为人民服务的初心，不违背这个宗旨，心里总是装着人民，永远被人民信任，我们的党必然会壮大，国家也会强大。"

第一部荒诞剧

蓝天野和著名画家黄永玉是好朋友。有一次,两人闲谈时,谈到了瑞士剧作家迪伦马特,以及他的代表作之一《贵妇还乡》。出于对这部作品的喜爱,两位老友越谈越兴奋,黄永玉希望有朝一日蓝天野能够排演这部名剧,而自己可以做该剧的舞台美术设计。

黄永玉的提议让蓝天野心潮澎湃。他当即跑到图书馆,借来《贵妇还乡》的剧本,认真阅读。这是一部荒诞色彩十足的作品,讲述贵妇克莱尔回到贫穷的故乡,以十亿巨款换取伊尔的性命,在金钱面前,市长代表全体市民拒绝了克莱尔的要求,然而人心却在潜移默化中发生了改变。

这次对经典剧作的重温，让蓝天野心动不已。他更加坚定了自己的信念——等到时机成熟，一定要把这部戏搬上舞台，呈现在中国观众面前。

一九八〇年，北京人艺带着大戏《茶馆》走进欧洲巡演，引起了轰动。当团队来到瑞士的苏黎世演出的时候，迪伦马特因为身体不适，未能来到现场观看表演。他特地委托自己的朋友库克森教授代为致意，并转达他长久以来的一个心愿——希望北京人艺能够排演他的作品《贵妇还乡》。

蓝天野认为，当时的中国观众是可以理解并接受这部"荒诞剧"的，也应该会被这部看似怪异的戏剧中包含的深刻内涵所打动。

想到这里，蓝天野正式提出了排演《贵妇还乡》的申请，并很快得到了剧院党委、艺术委员会的批准。

一般而言，导演会根据自己的思考，对剧本进行一些改动。蓝天野将《贵妇还乡》中一些对观众理解剧情帮助不大，可能会带偏观众注意力的内容进行了删减，比如"市民甲、乙、丙、丁扮演树林里的小鸟和小鹿"的场景。有些演员却认为这是删掉了作者最有特色的东西。面对质疑，蓝天野坚定地说："迪伦马特最好的东西，绝不是这些。"

当时，恰好西德曼海姆民族剧院访华演出，北京人艺请来该剧团的一位副导演，为大家介绍迪伦马特。介绍会之后，一位演员忍不住提问："我们导演想把剧里那些有迪伦马特风格的细节删掉，您觉得可以吗？"

"一位导演如何处理剧本，如何删改情节，那是导演自己的责任和权利，我相信他有自己的道理。"副导演很有分寸地回答道。

实际上，蓝天野对剧情的处理，并非一味追求让观众沉浸其中，达到入戏而不能自拔的程度。他记得迪伦马特说过："舞台的幻觉是用不着'打破'或者'离间'的……因为每个人走进剧场时，他都知道眼前看到的仅仅是戏。"

在《贵妇还乡》的开场，蓝天野就让观众从剧情当中"跳"了出来——大幕徐徐拉开，观众面前只有一面光秃秃的墙，然后两个人走上来，其中一人拎着桶往墙上刷糨糊，一人展开海报贴在墙上，海报上写着"北京人民艺术剧院演出，迪伦马特《贵妇还乡》"。通过这种方式，蓝天野在告诉观众，他是在讲述一个故事，一个传奇故事。

三十多年过去了，二〇一五年，八十八岁高龄的蓝天野接到了一个新任务——重拍迪伦马特的经典戏剧《贵妇还乡》，主演由朱琳、周正、吕齐，换成了陈小艺、濮存昕、张志忠。

在新剧组的建组会上，蓝天野挂出了一组画像，那是《贵妇还乡》首演时，黄永玉先生在后台亲笔为演员们绘制的人物速写。面对十几张满是岁月痕迹的小画，新一代的年轻演员顿时产生了一种时光倒流的感觉，仿佛就在一瞬间，与老前辈们建立起了情感联结。

在接下来两个多月的排练工作中，蓝天野十分投入。他坚持每天早来晚走，对每一位演员的台词、动作都细心推敲，认真讲解，甚至亲自上场示范。有一次，一位年轻演员的表演动作始终不到位，蓝天野突然扔掉手里的拐杖，倒在地上亲自演示，边演示边为大家讲解着要点。

蓝天野的举动实在是出人意料，把大家都惊出了一身冷汗。

"您这么大岁数了，这样做太危险了！"旁边的人赶紧扶起老爷子。

可蓝天野却呵呵一乐，笑着说："不碍事，不碍事。这是我分内的事，有什么豁不出去的呢？"

经过认真的准备，新版《贵妇还乡》顺利演出了。正所谓"铁打的营盘，流水的兵"，台上投入表演的演员们，早已"一代新人换旧人"，但经典的内核并没有随着时间的流逝而改变。

"天才的德语剧作家迪伦马特并不承认自己是'荒诞派'，但他的创作确实非常怪异，难能可贵的是，大家总能从他的戏剧里感受到今天的现实社会，引起深思和震撼。"蓝天野如是说。

挑选演员绝不凑合

一九八四年，我国著名女作家霍达找到蓝天野，她刚刚改编完成了一个话剧剧本《秦皇父子》，特别希望蓝天野能将它排演出来。

这个作品的基础是电影剧本《公子扶苏》，但一直未能投入拍摄。蓝天野将手中的话剧剧本与之前看过的电影剧本对比之后，认为剧本中的人物和故事都有较好的基础。从题材来看，这部描写秦始皇嬴政和长公子扶苏的历史戏，在当时具有相当的新意，虽说霍达因为不是特别熟悉舞台表演的规律，在台词的把控上有些烦冗，但这属于初次撰写舞台剧剧本作家的"常见病"，完全可以在排练中进行调整、修改。

综合考虑所有因素之后，蓝天野提交了排演《秦皇父子》的申请。经过研究讨论，北京人艺艺术委员会认为，剧本的质量完全达标，同意作为剧院的排练上演剧目。

《秦皇父子》这样一部有新意的历史剧，引起了不少演员的关注和兴趣，著名演员郑榕就是其中之一。此时的郑榕已经退休，考虑到这是首次将秦始皇搬上舞台，他非常重视这个角色。为了能饰演舞台上的"第一位秦始皇"，郑榕谢绝了意大利贝尔·托罗奇发出的出演电影《末代皇帝》中总理大臣一角的邀请。其实，电影的制片方曾经三次拜访郑榕，还将英文版剧本交给了他，颇有"三顾茅庐"的诚意。为了更好地理解角色、塑造角色，郑榕还对剧组提出一个特殊的要求——去一趟西安，用参观秦始皇陵兵马俑的方式体验生活。

很快，蓝天野确定下来剧中其他角色的扮演者：尚丽娟一人分饰两角，扮演姐姐孟姜和妹妹仲姜，周正和马群两位老演员分别扮演李斯和赵高，任宝贤扮演卢敖，肖鹏扮演鲁苍……

但长公子扶苏的人选，蓝天野一直没能确定下来。在蓝天野的心中，这个人物的形象应该高大、挺拔，有适当的外在形象和气质。在北京人艺的现有演员中，蓝天野实在找不出这样的人。

突然，蓝天野想到一个人——空政话剧团的青年演员濮存昕。他曾在话剧《周郎拜帅》中扮演英俊、潇洒的周瑜。想到这里，蓝天野非常高兴，他终于找到一位合适的演员。

没过多久，北京人艺举办了一九八五年春节联欢会，作为剧院"元老级"的人物，也是蓝天野好朋友的苏民带着儿子濮存昕来参加了这场活动。

蓝天野把濮存昕拉到一边，对他说："昕昕你过来，有个事跟你讲一下。我正准备排一个戏，想借你来演。"

这句话实在出乎濮存昕的意料，他显然有些激动，一时之间，还不太敢相信蓝天野的话，连忙问道："真的吗？"

蓝天野回答："我没事跟你开这玩笑干吗？是真的。剧本叫《秦皇父子》，想让你来演长公子扶苏……我马上就要办这件事。"

说干就干，雷厉风行的蓝天野很快便约见了空政话剧团的团长王贵，直截了当地把借调濮存昕出演扶苏的想法告诉了他。王贵的回复干脆利落："好啊，咱们共同来培养这个年轻人。"

得到了对方单位的认可，蓝天野满怀欣喜地把相关情况向剧院领导做了汇报。本以为"调人"的过程会十分顺利，《秦皇父子》的正式排演也会随之展开，可让蓝天野没有想到的事情发生了——仅仅过了两天，剧院的三位副院长一同出现在他的面前，劝他打消借调濮存昕的想法。

对于领导的顾虑，蓝天野也能猜到一些，濮存昕毕竟是个"外人"，再加上年纪轻、资历浅，让他出演一部戏的主角，同事们难免会有意见。

"这个人物，我是实在找不着。要不，你们帮我想想，谁演扶苏？"蓝天野把问题抛给了几位副院长，他们你看我，我看你，谁也给不出一个合适的答案。

既然谁也说服不了谁，《秦皇父子》就只能暂时停排，濮存昕的借调程序也没有启动。

大约一年之后，一九八六年的春天，北京人艺主管剧本的副院长于是之找到了蓝天野，催促他启动《秦皇父子》的排演工作。

"把濮存昕借来，咱们就接着排。"蓝天野直接回了一句。

没想到，于是之干脆地回答道："那就再去借吧。"

就这样，《秦皇父子》的排演工作顺利重启。

当濮存昕第一次正式进入北京人艺排演场的时候，距离蓝天野向院领导提出借调他已经过去了一年时间。作为一名身处"舆论旋涡"的年轻人，濮存昕可以说是顶着巨大的压力出演公子扶苏的。在排练初期，濮存昕度过了一段比较困难的时光。

对于这段并不轻松的经历，濮存昕曾在书中讲述了这样一段故事："戏演出了，但我演得并不好，蓝天野老师有些失望。他想扳正我的概念化表演，一些附在台词表面的情绪，还有一些并不高级的创意与表演状态。就为这个，他在我独白的地方叫停了好多次，带有惩罚性，让我当时很没脸面。但那时并不懂得他要我表达的是什么，所以他干着急也没办法。有一次，恰好排演场有一块道具石头放的不是地方，他一脚就踢过去，没踢开，反而把他的脚踢疼了。一个人在那儿倒吸凉气,那是真发火,可想他有多着急。"

对于在排练中叫停濮存昕好多次这件事,蓝天野有自己的想法:"导演最重要的责任,就是保护好演员自主创作的灵性和热情。其实小濮已经非常不错了,有些地方虽然不完全属于人艺的风格,但也十分可贵。他属于特别理性的演员,读书多、独立、有见地,不是他不行,是我希望他能够在表演过程中,在恰当的地方更多的是用感觉而不是过多的理性,去更加贴近角色……我当然可以直截了当地告诉他我的意思,但也许那最后不能成为他自己的东西。"

有了蓝天野的用心"雕琢",再加上老一辈演员郑榕等人的无私帮助,濮存昕慢慢融入了北京人艺这个大集体当中,演技方面也得到了很大提升。《秦皇父子》的成功演出,让当时还不够成熟的濮存昕获得了认可,对此,蓝天野深感欣慰。

不久,濮存昕正式调入了北京人艺,逐步成长为剧院的骨干演员,在话剧、影视等领域塑造了一个个鲜明、经典的人物形象,并于二〇〇五年获得第十一届中国电影华表奖优秀男演员奖。

　　从濮存昕的例子不难看出，蓝天野不仅是一位极具职业素养，在艺术追求上精益求精的好导演，还是一位善于发现人才、培养人才的伯乐。

仙风道骨的荧屏经典

花开花落花开花落

悠悠岁月长长的河

一个神话就是浪花一朵

一个神话就是泪珠儿一颗

聚散中有你

聚散中有我

你我匆匆皆过客

日出日落日出日落

长长岁月悠悠的歌

一滴苦酒就是史书一册

一滴热血就是丰碑一座

呼唤中有你

呼唤中有我

喜怒哀乐都是歌

……

一九九〇年，随着电视连续剧《封神榜》的热播，剧中主题曲迅速火遍大江南北。那时候，走在城市的大街小巷，耳畔总有这首熟悉的旋律响起，让人忍不住跟着哼唱。

《封神榜》主题曲广泛传播，主角姜子牙也让人过目难忘，一副银发如雪、白须飘飘的模样，仿佛慈祥的老神仙降临人间。这位给观众留下深刻印象的老神仙，扮演者正是已从北京人艺离休的蓝天野。

刚接到《封神榜》剧组的邀请时，蓝天野就对这部戏很感兴趣，这主要和他童年的经历有关。他小时候喜欢传统戏曲，妈妈经常带着他去听戏。他还喜欢读书，《封神演义》这部神话小说他很熟悉。当得知剧组希望他能出演姜子牙的时候，蓝天野的参演意愿更加强烈了：想想看，姜子牙可是武王伐纣取得成功的关键人物，他不仅智谋过人，能够运筹帷幄之中，决胜千里之外，更因为手中拿着一根打神鞭，胯下骑着一只四不相，成为许多小朋友，尤其是男生们羡慕的对象。对蓝天野来说，能够扮演这样一位既有智慧，又懂法术的三军统帅，可谓是"梦想成真"了。

虽然心中揣着强烈的渴望，但蓝天野在短暂的兴奋之后很快恢复了冷静。他还没有看过剧本，不知道内容，要先确定这是好剧本才能参演，这是他一直以来的拍戏原则。

当蓝天野得知剧本还在修改，他就要求看原始剧本。看后，蓝天野暗暗摇头，有点失望。这个剧本有点商业化，不够好。剧组工作人员见状赶忙补充说："这部剧将由获得'十佳导演'荣誉的郭信玲执导，她的下一步工作重心，就是亲自抓剧本的修改，请您放心。"郭信玲执导过电视剧《故土》《大酒店》等作品，蓝天野也见过郭信玲。蓝天野思考片刻后提出："郭导是位谦虚、有想法、有能力、有执行力的导演，如果她主抓剧本的修改工作，能提升这部剧的整体水平。这样吧，剧本修改完成之后再拿给我，我尽快看完给你们意见。"

剧组人员当然不甘心，以"下次见面详谈难度大"为由，继续做他的思想工作。几个回合后，蓝天野被剧组的诚意打动，他考虑到剧本有精彩的原著小说，经过把关修改的剧本应该会不错，另外，自己对这种神话题材的故事实在太感兴趣，于是认真考虑后，在演出合同上签了字。

"舞台的空间有限，但是一个好的导演要能利用好这有限的舞台空间。影视剧不同，近景可以小到眼睛的局部特写，拍大场面可以在极其辽阔的外景地，这是另外一个天地。"蓝天野对话剧和影视剧创作有自己的思考，他愿意去尝试，也期待自己扮演的姜子牙得到观众的喜欢。

多年来，蓝天野一直坚持"深入生活"这个法宝，他多次前往北京的白云观，去向那里的道长请教相关知识，其中也包括一些仪式的规矩和样式。蓝天野在白云观获得的经验，虽然并不与《封神榜》直接相关，但对理解姜子牙这个人物帮助不小，有利于演绎出他身上自内而外散发出来的"仙气"。蓝天野不断完善着姜子牙的服装设计方案，为人物增色不少。

三十六集电视剧《封神榜》拍摄了一年多，其中三分之二是辗转于全国各地外景地拍摄。蓝天野跟随剧组跋山涉水，拼尽全力。剧组去新疆巴里坤草原拍摄时，他和大家一起住在马厩改造成的宿舍里。那里的海拔较高，水在八十多摄氏度时就沸腾了，饭有时煮不熟，还经常被风吹进沙子，咬起来硌牙，他从不抱怨。剧组长时间在太阳底下暴晒，到了晚上十点多，天色才渐渐暗下去。穿着长袍的蓝天野和其他演员一样，站在大旗撑起的阴影里等戏，一拍就是三个月。大草原没有遮挡，演员们只能站在马的边上躲开阳光，还要不时防范马下意识的踢踩。

《封神榜》里，姜子牙时常要挥动打神鞭和法术高强的敌人作战，剧情中还需要姜子牙骑神兽飞奔，考虑到蓝天野年长，武术指导建议找替身，但都被他拒绝了，剧中所有动作都是他亲自完成的。蓝天野和剧组说："如果有些动作我完不成，我就不接这个戏了。"有一次他还把腰摔伤了，医生要求他卧床休息，但姜子牙戏份重，虽然尾椎疼，他还是坚持坐在椅子上跟随团队的车马一起走。

为了演活姜子牙,塑造出这一形象的质感,蓝天野会花很多时间去做研究,不时地对一些具体情节提出自己的修改意见,想办法在艺术上靠近这个人物。

其中,最为著名的要数"姜太公钓鱼"的场景了。最初的处理是:西伯侯的到来,让姜子牙十分激动,为了表达自己的感激之情,他连忙匍匐在地,参拜这位明主。蓝天野经过仔细琢磨和修改,最终呈现为荧屏上的那一幕——西伯侯一行三人寻访贤达,在渭水河畔,偶遇正在垂钓的姜子牙,姬昌满怀诚意,恭恭敬敬地与他搭话:"打扰姜老爷的雅兴了。"姜子牙摘下斗笠,起身抱拳说:"渭水河畔,等候已久,贤侯终于来了!"这样更符合历史传说,也更好地演绎了姜子牙"宁在直中取,不向曲中求"的品格。

虽然蓝天野本人对《封神榜》的剧本、服装等并不十分满意,但他在开机以后还是拼尽全力,顾全大局,配合剧组顺利完成了拍摄工作。这部电视剧与观众见面后,很快就收获了一片好评,大家并没有过度挑剔剧中的那些"瑕疵",而是更关注情节的推进以及演员的表演。在众多角色当中，蓝天野扮演的姜子牙赢得了最多的赞誉，这个和蔼可亲又仙风道骨的形象，陪伴千千万万"七〇后""八〇后"度过了一段愉快的时光，也成了他们心中永远珍藏着的童年记忆。

八十四岁的新角色

二○一一年春天,已经离休多年的蓝天野接到了北京人艺的一通电话,人艺的党委书记、院长要请他和狄辛以及朱旭、宋雪如夫妇吃饭。蓝天野知道一定是院里有事情要谈,便愉快地接受了邀请。

在北京人艺食堂的这一次边吃边聊的谈话中,院长说剧院正在准备复排由巴金原著、曹禺改编的话剧《家》,导演由李六乙担任,大家决心要排出一台"北京人艺风格的《家》"来。

听到这里,蓝天野心想院领导大概是想听听我们这些老同志对这个戏复排计划的意见,或者让我们挂一个"艺术顾问"的头衔……

还没等蓝天野分析清楚、考虑明白,只听张

院长说:"我们想请天野和朱旭二老在戏里演个角色。"

张院长话音落地,蓝天野就当场愣住,继而陷入沉思之中——让他加入剧组,上台演戏?这不是在开玩笑吧?且不说他早就办理了离休手续,离开了全职导演、演员的岗位,单说从一九九二年最后一次演出《茶馆》算起,到今天,也已经有十九年没有登台了,说句实话,他觉得自己几乎已经不知道怎么去演戏了。再者说,以八十四岁的高龄,耄耋之年,还能演得动吗?现在记忆力大不如前,台词都记不住了。蓝天野觉得,荒疏久矣!本想直接拒绝这个请求,可出于对人艺的深厚情感,他又实在难以启齿。

会谈暂时陷入沉寂。

这时,多亏朱旭的夫人宋雪如开口,缓解了席间略显尴尬的气氛:"这是一件大事啊,要回去好好考虑考虑,再给院领导一个明确的答复。"

后来,蓝天野给这顿家常便饭取了个名字——"鸿门宴"。

反复考虑之后,蓝天野提出,如果加入剧组,他希望能换个思路，由他来扮演反面角色冯乐山，让朱旭来扮演高老太爷。对于从未饰演过反派的他来说，这样的安排更能激发他的创作热情。这个提议也得到了院领导和导演的支持，由蓝天野扮演剧中的反派——冯乐山。

在《家》的剧本中，冯乐山是一个"伪善人"。曹禺先生对这个反派有这样的描述："冯乐山年约五十六七，中等身材，面容焦黄枯瘦。须眉稀少，目光冷涩，鹰钩鼻子，削薄的嘴唇里有一口整齐的黄牙齿。他体质强健，外面却看不出来，像他的为人一样，一切都罩在一种极聪明、极自然的掩饰的浓雾里……他不是'伪善'，他一点儿不觉得自己'伪'。他十分得意地谈些有关道德的文章，确实相信自己是一个方方正正的君子……他穿着雅致的瓦灰色呢袍，宽宽大大，自觉飘逸脱俗，举止动作非常缓慢，一切都是自觉地做着他认为的好态度。时常和蔼地微笑，笑容里带着一点儿倨傲。"

怎样才能演好这样一个人物呢？蓝天野陷入了深思。

多年来，冯乐山的扮演者大多由一些"性格

化"且经验丰富的演员担任，造型上也有着各自的特点，称得上"千人千貌"。在查阅了一些资料后，蓝天野找到了突破口——从人物的外表着手。

像冯乐山这样的地方"名士"，自然是有文化的知识分子。他们会在日常生活中进行题诗、留字、品评书画等活动。加上众人的阿谀奉承，自我膨胀是必然结果。正所谓"名士自风流"，冯乐山一出场就被德高望重的高老太爷奉承着，恰恰说明他"文人雅士"的身份。而在巴金原著中，作为孔教会的会长，地位显赫、阴险狡诈的冯乐山有着相当的势力。演绎这样一位"有势力的名士"，完全可以在人物形象上表现出一种潇洒而有气势的状态来，到极致处便是一个"狂"字——正如曹禺先生所说，他是"带着一点儿倨傲"的。

说来也巧，蓝天野那时正参与《百年巨匠》的制作，接触到中国近百年来一些文坛巨擘、专家学者、艺术大家的图片资料，找到不少创作灵感。他从中挑选了几幅符合自己思路的图片，与导演和舞美、服装设计讨论，向他们讲述了冯乐山的造型构想。最终，确定了"长髯飘洒胸前，头发与胡须连为一体，身着一袭呢料长袍，头戴一顶椭圆形的黑丝绒帽子，手持方竹拐杖"的形象。蓝天野对角色的外在形象确定了"儒雅、有威望、有学问"三个关键词，并以此来加强人物的外在形象与内在性格之间的反差效果。

蓝天野非常注重表演中的道具和细节。考虑到高老太爷的身份，他用毛笔书写了几首诗作为道具。冯乐山在第一幕出场时，手里拿的就是这几张写满了诗词的纸。虽然观众看不清纸上的字迹，但纸背透出的墨迹，大大提升了戏剧的真实感和表现力。这也在无形中增强了演员的自信心。

在排演中，还出现了一次小意外。有一次排演结束，蓝天野在下场时一不小心从舞台上摔到地上，那个舞台差不多一米高，他倒地时本能地用手一撑，导致小指脱臼。现场一些年轻演员非常担心他，有的还急得流下了眼泪。但他强忍着疼痛，连连说："没事！没事！"幸运的是，蓝天野伤势并不严重。第二天，蓝天野带伤来到排演场的化装间，向大家道歉，说因为自己的疏忽让大家受惊了。年轻演员们深切地体会到了老一辈艺术家的高尚品格。

八十四岁的蓝天野扮演的新角色——冯乐山表面儒雅、内心阴狠，这一角色被他演绎得淋漓尽致，堪称他艺术生涯的又一个高峰。

更让人意想不到的是，作为纪念曹禺诞辰一百一十周年的重磅活动，二〇二〇年曹禺名作《家》在首都剧场重新上演。九十三岁的老演员蓝天野作为主角饰演的冯乐山再度出山，他举重若轻的表演，将"伪善人"刻画得入木三分，创造了又一个舞台奇迹。蓝天野携手北京人艺四代演员登台，这样"四世同堂"的传承在话剧舞台上难得一见，使《家》的剧组真正成为一个大家庭而传为佳话。

随着话剧《家》的再次上演，北京人艺的青年演员们也从老艺术家的演绎中获益良多。张和平院长说："这就是传帮带，希望老艺术家帮助把经典剧目传承下去，把剧院的风格和精神传承下去。"

面对《家》的传奇，蓝天野想，如果曹禺院长还在世，也一定会大加赞赏，说不定还会指着他提出一个问题："蓝天野，你是怎么想的？选着演了个冯乐山！"

钟情于绘画

二〇一一年八月的一天,中国美术馆里,有不少观众在进入六号厅之后,都忍不住小声议论起来:"蓝天野?这不是《封神榜》里的姜子牙嘛,他怎么还开画展啊?""我没看错,就是'姜子牙',你看,他正给人签名呢!""走,走!我们也去找他签名吧!"……

观众们纷纷好奇地围拢过来,把手中的画展宣传册递给那位满头银发的老者,请他签名。

观众们并没有看错,忙着为大家签名的,正是已经从北京人民艺术剧院离休多年的著名导演、演员蓝天野,这已经是他第三次在中国美术馆举办个人画展了。身为一名演员、导演,蓝天野这位"业余画家"，如何做到在中国顶级的艺术殿堂成功举办三次个人画展的呢？

其实，蓝天野对绘画的兴趣可谓由来已久，儿时看京戏、逛庙会的经历，深深刻在他的脑海之中，其间看到的缤纷色彩和各类形象，使他受到了潜移默化的艺术熏陶。

进入北京人艺工作之后，蓝天野仍然放不下美术这项爱好，就在业余时间见缝插针地练习绘画：开会的时候，他会拿着一个小本子，在上面练速写；到外地演出的时候，他走到哪儿就画到哪儿，笔记本、餐巾纸都当过他的"画布"，只要发现手边有什么能用的，就会在上面画起来。蓝天野一直这样画着，从不间断。

一九六一年，一次偶然的机会，蓝天野在影片《任伯年》中看到一幅幅任伯年的精彩画作，瞬间被征服了，他感觉"自己的心都要沸腾了"。

"真是太精彩了，一幅比一幅精彩！"蓝天野看了一遍又一遍，赞不绝口。趁着演出间隙，蓝天野主动拜访了著名画家林风眠和潘天寿。这两次重要的见面，把蓝天野绘画的"瘾"彻底勾了起来。蓝

钟情于绘画

天野决定，重拾画笔，开始认真地学习国画。

一九六二年，蓝天野结识了著名画家李苦禅。李苦禅先生是齐白石的学生，也是中国近现代大写意花鸟画大师。在闲聊中，蓝天野鼓足勇气，小心翼翼又诚心诚意地对李苦禅先生说："要不您教教我吧！"没想到，李苦禅先生乐呵呵地点头对他说："行啊，你画一些，就拿来给我看看。"

蓝天野高兴极了。从那时起，他每天回家之后都坚持作画。每隔几天，他就会带上自己创作的一卷画，前往李苦禅先生那里请求指点。李苦禅先生每次都会面带笑容地提出自己的意见，有时候还会在蓝天野的作品上补上几笔，或题几个字，提醒他："笔墨章法，我都告诉你了。要懂法，但不要拘泥于法，你还要画得随意。"

很多时候，李苦禅会让蓝天野站在他身边，仔细观看自己的创作过程。蓝天野屏住呼吸，生怕影响到他，但李苦禅先生在蓝天野面前下笔反倒更加自如。蓝天野喜爱李苦禅先生画的墨鹰，更偏好先生独创的白鹰。一次，他拿了几幅背摹的白鹰请李苦禅先生指点，先生习惯示范教授，当场画了一只白鹰，从勾线到配景一气呵成。

李苦禅先生的亲口传授、亲笔指点，帮助蓝天野迅速加深了对绘画的理解，技法也取得了很大的进步。有一次，李苦禅先生还对访客夸奖自己这位"弟子"说："在业余学画的人中，天野是有灵性的。"

后来，蓝天野听说著名画家许麟庐先生想要每周日抽出时间带几个学生。许麟庐先生和李苦禅先生都是齐白石的学生。当蓝天野把自己想跟许麟庐先生学画的想法告诉李苦禅先生时，先生十分高兴，说："机会难得，你一定要去，我们的画法是一样的。"就这样，蓝天野拜入许麟庐先生门下，在许先生手把手的教授下，从用笔、用墨开始，一步步深入学习技法。

蓝天野始终坚持着一个习惯，每周最少挤出三个上午的时间，向两位国画大师学习，风雨无阻。如此踏踏实实从基础开始学习，再加上刻苦练习，蓝天野的绘画技法突飞猛进，也获得了两位老师的赞许。

许麟庐先生的儿子许化迟曾经说，蓝天野的绘画水平比许多专业画家都高。李苦禅先生的儿子、清华大学教授李燕认为,蓝天野能在顶级的艺术殿堂——中国美术馆举办个人画展,当之无愧。

多年以后,回忆起这段和两位大师学画的往事,蓝天野心中感慨万千,他说:"别看我只是个业余画家,即使在专业画家中,又有谁能像我这么幸运,同时跟两位大师学习?"

当许麟庐先生前来观看蓝天野首次个人画展时,曾提笔写下"勤于笔墨,独辟蹊径"八个大字送给他,这既是对蓝天野书画的高度肯定,也是对这位爱徒的一种勉励。在绘画道路上,蓝天野秉承齐白石先生的"学我者生,似我者死"的艺术信条,最终开创出属于自己的绘画风格。

面对众多专业人士的高度评价,已经成功举办三次个人画展的蓝天野,始终保持着谦虚的态度,总是对大家说:"我不过就是个业余画家。"

蓝天野认为,坚持绘画,让他可以用一名画家的视角去观察人物形象,构思人物的动作和造型。从这个角度看,绘画也间接帮助他在表演领域成就了一番事业。

为了"一甲子"的纪念

二〇一二年,是北京人民艺术剧院建院六十周年。在中国的传统文化中,六十年又被称为"一甲子",具有特殊的意义。剧院计划创作一部符合"原创·当代·北京"三个关键词的新剧目。

为了保证新剧的质量,剧院邀请了多名优秀作家进行剧本的创作和征集。随着活动的开展,参与创作的队伍也在逐步扩大,达到前所未有的规模。

北京人艺艺术委员会对几个已经成型的剧本进行了多次研究。一次讨论结束之后,主持人手里拿着一张纸,来到蓝天野面前,说:"这是著名剧作家何冀平交上来的一个关于剧本的初步想法。"蓝天野粗略听了介绍,顿时眼前一亮,急忙说:"能不能把她约来？我想找她谈谈。"

几天后，在北京人艺二楼的会议室里，剧作家何冀平如约而至。一见面，她与蓝天野就有种久别重逢的亲切感。原来，早在三十多年之前，二人就有过第一次合作。那时，何冀平还是个小姑娘，与李洪洲、李惠生合作完成了剧本《淬火之歌》的创作，而蓝天野那时担任此剧的导演。在这部戏中，何冀平还扮演了一个扎着辫子、活泼可爱的小丫头。之后，何冀平进入中央戏剧学院学习，毕业后成了北京人艺的一名编剧。为了创作出《天下第一楼》，何冀平一头扎进烤鸭店，前后共花了三年时间去体验生活。这部戏已成为人艺的保留剧目。后来，何冀平定居香港，参与过多部戏剧、影视剧的编剧工作，成了一名多产的剧作家。

这次与蓝天野的再次见面，让何冀平感触颇深。她激动地说："这仿佛一下子就回到了多年以前，天野老师还是那样真诚、直率。"

何冀平热情地讲解着自己的创作，讲到她心中构思已久的几位老人形象，也讲到一座老楼和一株老树……蓝天野听得非常入神，并且分享了自己去疗养院和北京松堂临终关怀医院的所见所感，还把人艺几位老演员住的老年公寓信息提供给了何冀平。

后来，北京人艺正式委托何冀平创作剧本，并将此剧作为人艺建院六十周年的献礼大戏。何冀平排除一切干扰，按时将话剧《甲子园》的剧本交给了剧院，之后，又经历了前后"三易其稿"的过程，终于通过了艺术委员会的审核。

"甲子园"是一个老年公寓的名字，该剧本讲述了发生在养老院里的故事。多年前因为对父亲怀恨在心，"大龄海归女青年"陈爱林选择离家出走，独自闯荡，得到父亲突然离世的消息，她以房屋继承人的身份回到了阔别已久的故居"甲子园"，却发现她的家已经变成了一家养老院。这部剧以现代北京生活为背景，通过养老院里年轻人与老年人不同观念的碰撞，反映出人们心底永恒不变的爱。

剧本确定后，蓝天野接到一个新任务——剧院希望他和张和平院长一起担任这部戏的艺术总监。对蓝天野来说，这称得上是一个"全新挑战"，在此之前，他从来没有在任何剧组中当过艺术总监——这可是个"管宏观调控"的活儿。不过，出于对人艺的深厚情感，蓝天野欣然接受了这个邀请。

从建组的第一天起，蓝天野就积极参与到剧本的细节修改讨论、舞台美术设计方案，以及演员的挑选等各项前期工作中，已经八十五岁的他，总是"早早地来，很晚才走"，这样的精神，让剧组中的年轻演员们看在眼里，服在心中。

一次会上，张和平院长突然提出，希望蓝天野出演男主角黄仿吾。这一消息让蓝天野大吃一惊，因为黄仿吾是剧中的男一号，与他在《家》中饰演的只有两场戏的冯乐山截然不同。《甲子园》中的黄仿吾台词量巨大，占到了整部戏总台词量的六分之一！

考虑到自己的年龄、体力、记忆力，蓝天野深知这一重任的难度。他开始犹豫了。张和平院长发现了蓝天野的迟疑，便暂时岔开话题，提出要把人艺五代演员都聚集到这部戏里的构想，并表示，希望《甲子园》能为剧院前六十年"完美收官"，并为下一个"甲子"开启新的篇章。或许正是这一宏伟的构想打动了蓝天野,他答应了出演。

虽然同意出演黄仿吾,但实话实说,当时的蓝天野并没有十足的把握,可正所谓"君子一言,快马一鞭",既然答应,就该马上开展准备工作。为了更好把握身为退休建筑师的黄仿吾的状态,蓝天野走进了建筑设计院体验生活,寻找灵感。

除了建筑师这个身份之外,黄仿吾在战争时期还参与过中共地下党的革命工作,这让蓝天野想到了一个人——比他年长十岁左右的老地下党员李炳泉。他的公开身份是《平明日报》的记者,热爱戏剧,写过剧本、剧评,平日待人接物自然而又热忱的他,身上带着一种儒雅气质。蓝天野渐渐找到了方向,经过反复斟酌、取舍,黄仿吾的形象逐步成形了。

除了角色的形象,蓝天野还亲自设计了两件道具:第一件,是全剧开场,黄仿吾参加完葬礼,返回途中,折下一根树枝做成的手杖——制作这样的手杖走山路,是蓝天野以前参加革命时积累的经验。在剧中出现这样的情节,既能很好地体现出黄仿吾的心灵手巧,也能反映出他病情加重的现实,可谓一举两得。另一件是在黄仿吾和彦梅仪谈话过程中出现的一颗小石子。在排练过程中,当彦梅仪把自己亲手织的毛围巾给黄仿吾戴上后,黄仿吾随手在地上捡起一颗小石子,向远处抛去。这个即兴的动作,生动地表达出了黄仿吾心中感激与无奈的复杂情感。

在整部戏的排练过程中,因为台词量实在太大,蓝天野有时会出现稍做停顿、思考对白的情况,这让与他有很多对手戏的老演员吕中有些担忧,生怕正式演出的时候出现类似的状况。为此,吕中熟读了剧本中黄仿吾的所有对白,以便在蓝天野忘词时及时补上,确保剧情的顺利推进。

然而,到了正式公演的时候,吕中惊奇地发现,蓝天野一句对白也没有忘记,整场表演挥洒自如,堪称完美。毫不夸张地说,舞台上的蓝天野已经和黄仿吾"融为一体"了!对于一位八十五岁高龄的演员来说,这样的表演无疑是一个奇迹!

《甲子园》在开票当天就一票难求,第一天就创下了二百九十六万票房,刷新了单日售票纪录。为了满足观众的需求,首演当天,北京人艺决定加开九场。连导演任鸣都不禁感慨，这是在他戏剧生涯里前所未有的情况。《甲子园》的每一场演出结束后，全体演员登台谢幕都会掀起高潮，有的场次，观众甚至全体起立鼓掌致敬，现场气氛极为温馨感人。

每场演出结束后，蓝天野都会接到朋友的电话、短信，有的说"我被戏打动了，止不住流泪"，有的说"这个戏启发我思考今后怎样生活"。这些真诚的语言、真挚的文字，让蓝天野深受感动，他也从中体会到从事话剧事业的价值所在。

为了铭记这次珍贵的演出经历，蓝天野自备了一件圆领衫，写上"《甲子园》——蓝天野告别舞台"，并请所有的演职人员签名。朱旭看到后忍不住问道："天野，这不对啊，你以前就写过'告别舞台'了，这次怎么又写'告别舞台'？"

蓝天野笑着回答："告别就是为了下一次的复出！"

用生命诠释"戏比天大"

在《甲子园》演出之后,年事已高的蓝天野仍然活跃在北京人艺的排演场。

二〇一九年,北京人艺面向社会招生,开办表演专业学员班,蓝天野再次接受邀请为学员们授课。

二〇二〇年,北京人艺六十八年院庆当天,九十三岁的蓝天野带领后辈们用"云演出"的方式为观众们献上经典话剧片段。

"如果我不参加,北京人艺院庆的舞台上就少了一代人,我必须来!"蓝天野这样说。

作为一位甘愿把全部力量都奉献给北京人艺、奉献给中国话剧事业的艺术家,蓝天野获得了许许多多的"重量级"荣誉：

二〇一三年，中国戏剧奖终身成就奖；

二〇一五年，第五届国际戏剧学院奖终身成就奖；

二〇二一年，中共中央授予蓝天野"七一勋章"。

走到生命的末段，即便身在病中，蓝天野也一直牵挂着北京人艺的发展。

二〇二二年，恰逢北京人艺建院七十周年，此时的蓝天野已经病重无法外出，但他还放心不下剧院："有什么需要我做的，一定要告诉我。"这位老党员在生命的最后时刻，仍拼尽全力，为祖国戏剧事业发出最后一丝光，散出最后一点儿热。

二〇二二年六月八日，"七一勋章"获得者蓝天野在睡梦中与世长辞，彻底告别了他所热爱并为之奋斗一生的文艺事业。三天之后，在"向戏剧致敬——北京人民艺术剧院建院七十周年纪念演出"中，当蓝天野生前的演出视频片段出现在曹禺剧场的舞台上时，台前幕后，演员和观众一起深深地缅怀这位德艺双馨的艺术家。

"他的一生就是一部艺术作品,尤其晚年密集的创作,在我们面前树立了一个非常精彩的榜样。"演员濮存昕说,"北京人艺'戏比天大'精神的本质,就是面对艺术时应当把它当作最大的事,而蓝天野的艺术生命很好地诠释了这种精神。"